북방민족들의 '구전 문학' 지혜를 찾아서
- *에스페란토 초보자용 읽기 책*

Rakontoj pri Afanti
아판티 이야기

오태영(Mateno) 옮김

아판티 이야기(에·한 대역)

인　쇄: 2025년 2월 21일 초판 1쇄
발　행: 2025년 3월 1일 초판 1쇄
옮긴이: 오태영(Mateno)
펴낸이: 오태영
출판사: 진달래
신고 번호: 제25100-2020-000085호
신고 일자: 2020.10.29
주　소: 서울시 구로구 부일로 985, 101호
전　화: 02-2688-1561
팩　스: 0504-200-1561
이메일: 5morning@naver.com
인쇄소: ㈜부건애드(성남시 수정구)

값: 10,000원
ISBN: 979-11-93760-21-5(03820)

북방민족들의 '구전 문학' 지혜를 찾아서
- 에스페란토 초보자용 읽기 책

Rakontoj pri Afanti
아판티 이야기

오태영(Mateno) 옮김

진달래 출판사

원서

Rakontoj pri Afanti
Ĉinaj Popolaj Rakontoj
Ĉina Esperanto-Eldonejo
Pekino, 71p. 1982.
esperantigita de Fan Yizu
polurita de Geoffrey Sutton

번역자의 말

　『아판티 이야기』는 재미있는 구전 이야기 모음입니다.

　이 책을 구매하신 모든 분께 감사드립니다.

　나스루딘 아판티의 이야기는 단순한 전설을 넘어, 오랜 세월 동안 사람들의 삶에 깊은 영향을 미쳐온 지혜의 보물입니다. 이 이야기들이 다양한 민족 사이에서 널리 퍼져 전해지며, 사람들에게 웃음과 교훈을 주고, 특히 위구르족을 비롯한 북방 민족들에게 사랑받고 있다는 사실은 그만큼 아판티가 지닌 특별한 매력을 잘 보여줍니다. 그의 이야기 속에서 우리는 탐욕과 부패한 권력에 대한 풍자와 함께, 근면과 용기, 낙관주의와 유머를 배우게 됩니다.

　아판티의 이야기는 여러 세대와 지역을 넘어 전해졌고, 그 과정에서 우리는 사람들의 삶과 사고방식, 그리고 역사적 변화에 대해 깊이 생각할 수 있습니다. 이 전설적인 영웅의 이야기는 단지 재미있는 일화에 그치지 않고, 인류가 마주한 보편적인 문제들, 지혜와 어리석음, 선과 악의 충돌에 대한 심오한 통찰을 제공합니다.

　이번 번역을 통해 아판티의 이야기들이 친숙하고 의미 있는 작품으로 다가가길 바랍니다. 그의 유머와 통찰이 여러분의 마음 속에 작은 울림으로 남기를 바랍니다.

2025년 3월에

오태영(Mateno, 진달래 출판사 대표)

Enhavo(목차)

ANTAŬPAROLO

La rakontoj pri la heroo Nasrudin Afanti estas bone konataj de ĉiuj familioj, virinoj kaj infanoj de la dek tri naciecoj loĝantaj en la ĉina aŭtonoma regiono Xinjiang, sed precipe de la ujgura nacieco. Ĉiam, kiam oni parolas pri Afanti kaj la rakontoj pri li, ili sentas elkoran ĝojon kaj sin banas en elkora rido.

Rakontoj pri Afanti jam vaste cirkuladas kelkajn jarcentojn en Xinjiang. Ili profunde spegulas diligentecon, kuraĝon, saĝon, optimismon, humoron kaj aliajn bonajn kvalitojn de la laboranta popolo kaj akre ironias. kontraŭ stulteco kaj krimoj de reakciaj feŭdaj regantoj. Afanti sentime mokis la riĉulojn, superulojn, ministrojn kaj reĝojn siatempajn. Pro tio li estas rigardata kiel saĝa kaj sagaca legenda heroo de diversnaciecaj popoloj.

Rakontoj pri Afanti vaste cirkuladas inter diversnaciecaj popoloj kaj fariĝis trezoro de la popola parola literaturo, post la fondiĝo de la popola respubliko, en Xinjiang kaj aliaj regionoj oni jam redaktis kaj eldonis. plurajn kolektojn da rakontoj pri Afanti. Kaj iujn rakontojn oni eĉ surekranigis. En Ŝanhajo oni jam produktis du filmojn pri Afanti, kiujn laŭdis multaj rigardintoj.

Oni tre amas la maldikan, saĝan kaj akrevidan "avĉjon Afanti", kiu ĉiam rajdis sur azeno gaje kantante kaj ludante la tradician kordmuzikilon jevapo.

Nun Afanti jam fariĝis monda figuro de la popola parola literaturo. La rakontoj pri li jam delonge cirkuladis en Persio kaj arabaj regionoj, poste ankaŭ en regionoj de Mediteraneo, Balkanoj kaj Kaŭkazo. Tra la rakontoj oni povas sekvi batalojn inter saĝo kaj stulto, belo kaj malbelo, bono kaj malbono. La rakontoj oni jam tradukis en multajn lingvojn. Ili estas spritaj kaj signifoplenaj. Kaj la simpla rekta stilo devenanta de la popola buŝa lingvo igas ĉi tiun libron aparte taŭga ankaŭ kiel postkursa legaĵo.

머리말

　　전설적인 영웅, 나스루딘 아판티의 이야기는 중국 신장 자치구에 사는 13개 민족 모두에게 널리 알려져 있으며, 특히 위구르족 사이에서는 더욱 사랑받고 있습니다. 위구르 사람들은 아판티에 대한 이야기를 나눌 때마다 마음 깊이 기쁨을 느끼고, 때로는 폭소를 터뜨리며 즐거워합니다.

　　아판티의 이야기는 수세기 동안 신장에서 전해 내려왔습니다. 그의 이야기는 근로하는 사람들의 근면함, 용기, 지혜, 낙관주의, 유머 등 뛰어난 자질을 잘 반영하며, 동시에 탐욕스럽고 부패한 봉건 통치자들의 어리석음과 악행을 날카롭게 풍자합니다. 그는 부자, 고위 관리, 왕 앞에서도 거리낌 없이 조롱과 풍자를 던졌으며, 그런 이유로 여러 민족에게 지혜롭고 통찰력 있는 전설적인 영웅으로 여겨지고 있습니다.

　　아판티의 이야기는 다양한 민족 사이에서 널리 퍼지며 민속 구전 문학의 보물이 되었습니다. 중화인민공화국이 수립된 후, 신장을 비롯한 여러 지역에서 그의 이야기가 정리되고 편집되어 출판되었습니다. 또한, 그의 이야기를 바탕으로 여러 편의 영화가 제작되었으며, 그중 두 편은 상하이에서 개봉되어 많은 관객들의 사랑을 받았습니다.

　　늘 당나귀를 타고 다니며, 전통 현악기 제바포를 연주하고 노래하는 날쌘하고 현명한 "할아버지 아판티"는 사람들에게 더욱 친숙하고 정겨운 인물로 기억됩니다.

오늘날, 아판티는 세계적인 민속 영웅이 되었습니다. 그의 이야기는 오래전부터 페르시아와 아랍 지역을 거쳐, 이후 지중해, 발칸반도, 코카서스 지역으로 퍼졌습니다. 이 이야기들을 통해 우리는 지혜와 어리석음, 아름다움과 추함, 선과 악 사이의 끊임없는 싸움을 엿볼 수 있습니다.

이미 여러 언어로 번역된 아판티의 이야기들은 재치 있고 의미가 깊으며, 쉽고 직관적인 문체 덕분에 방과 후 읽기에도 적합한 작품으로 자리 잡았습니다.

Serĉado por Saĝo

Foje la reĝo aŭdis, ke iu lia regnano nomata Nasrudin Afanti havas grandan saĝon kaj profundajn sciojn. Jen iun tagon li vizitis Afanti kun sia sekvantaro.

"De kie venas la saĝo en via kapo, Afanti?" demandis la reĝo.

"Ĝin mi trovis post peniga serĉado," respondis Afanti.

"Ĉu tamen saĝon oni povas trovi?"

"Jes, via moŝto!"

"Diru al mi, de kie vi trovis?"

"Ho, tre facile. Prenu hojon kun vi kaj min sekvu, via moŝto."

La reĝo tre ĝojis kaj pensis: "De kiam mi fariĝis reĝo, la popolanoj ĉiuj opinias, ke mi estas sentaŭga kaj malsaĝa. Vere, mia saĝo estas limigita. Ĉi-foje, kiam mi trovos ĝin, mi plenŝtopos mian kapon per ĝi kaj krome hejmenportos du kestojn da ĝi por kaŝe konservi en la palaco, por ke mia filo uzu, kiam li plenkreskos." Li tuj ordonis al lakeo preni hojon kaj foriris kun Afanti serĉi saĝon.

Kondukate de Afanti, ili longlonge iris, sed fine alvenis al peco da sovaĝa tero. Demetinte sian jakon, Afanti diris al la reĝo: "Bonvolu demeti vian reĝan robon kaj ekfosi per la hojo." La reĝo devigite demetis sian robon kaj ekfosis.

Post longa fosado li tamen neniom da saĝo trovis, sed ricevis nur sangajn vezikojn sur siaj manoj. Li tiel forte koleris, ke liaj barbharoj stariĝis kiel herbo kaj liaj okuloj rondiĝis kiel tetasoj: "Kial mi ne trovis saĝon, Afanti?" furiozis la reĝo.

"Ne estu malpacienca, mia reĝo. Fosu, fosu daŭre! Ni plugu la terpecon ĉi-aŭtune, semu saĝon en ĝi venontan printempon kaj ni rikoltos somere," senzorge respondis Afanti kaj denove levis la hojon.

"Ĉu ne estas greno la saĝo dirita de vi?" denove demandis la reĝo.

"Prave, prave," respondis Afanti, "se en via palaco ne estus greno akirita per la sango kaj ŝvito de popolanoj, kiel via moŝto povus veni kun mi por serĉi saĝon?"

지혜를 찾아서

어느 날, 왕은 자신의 왕국에 나스루딘 아판티라는 시민이 대단한 지혜와 심오한 지식을 가졌다는 소문을 들었습니다. 왕은 그 진가를 알아보고자 수행원들과 함께 아판티를 찾아갔습니다.

"아판티여, 그대의 머릿속 지혜는 도대체 어디서 나오는 것이오?" 왕이 물었습니다.

"오랜 탐구 끝에 찾아낸 것입니다." 아판티가 대답했습니다.

"그 지혜를 지금도 찾을 수 있단 말인가?"

"예, 폐하!"

"어디서 찾았는지 나에게도 알려주겠소?"

"아주 쉽습니다. 삽을 들고 따라오시지요, 폐하."

왕은 내심 기뻤습니다.

'내가 왕이 된 후로 사람들은 나를 쓸모없고 어리석다 여겼지. 이번에야말로 지혜를 얻어 내 머리를 채우고, 내 아들이 자라날 때 그에게 물려주어야겠다.'

그는 하인에게 즉시 삽을 가져오라 명하고, 아판티와 함께 지혜를 구하러 길을 떠났습니다.

아판티의 인도로 오랜 시간을 걸어 드디어 야생지에 도착했습니다. 아판티는 재킷을 벗고는 왕에게 말했습니다.

"이제 폐하께서도 옷을 벗고 삽질을 시작하시지요."

왕은 마지못해 옷을 벗고 땅을 파기 시작했습니다. 그러나 아무리 파도 지혜란 찾을 수 없었고, 손에 피멍만 가득할 뿐이었습니다. 화가 난 왕은 수염을 곤두세우며 분노에 찬 목소리로 외쳤습니다.

"아판티, 왜 나는 지혜를 찾지 못하는 것이냐?"

"너무 조급해하지 마십시오, 폐하. 계속 파십시오! 이번 가을에 땅을 갈고, 내년 봄에 지혜의 씨앗을 심으면 여름에 수확하게 될 것입니다." 아판티가 담담히 대답했습니다.

"네가 말하는 지혜란 쓸모없는 것이 아니냐?" 왕이 다시 물었습니다.

"맞습니다, 맞아요." 아판티가 말했습니다.

"하지만 폐하께서 백성들의 피와 땀으로 얻은 곡식이 없다면, 어찌 저와 함께 지혜를 구하러 오실 수 있겠습니까?"

Mono kaj Justeco

Foje la reĝo demandis al Afanti: "Afanti, se antaŭ vi estus mono kaj justeco, kiun el ili vi elektus?"

"Mi elektus monon," respondis Afanti.

"Kiel, Afanti!" miris la reĝo. "Se estus mi, mi certe volus justecon, absolute ne monon. La mono estas nenio valora, sed justeco estas malfacile trovebla."

"Oni volas tion, kio al li mankas, via moŝto," klarigis Afanti.

돈과 정의

어느 날, 왕이 아판티에게 물었습니다.

"아판티여, 만일 네게 돈과 정의 중 하나를 고르라 한다면, 무엇을 택하겠느냐?"

아판티는 주저 없이 대답했습니다.

"저는 돈을 택하겠습니다."

왕은 의아해하며 되물었습니다.

"어찌 그리 말하는가? 내가 너라면 돈은 바라지 않고, 오직 정의를 원했을 터이다. 돈이야 많아도 쓸 데 없지만, 정의란 좀처럼 구하기 어려운 것이 아니더냐?"

그러자 아판티는 빙그레 웃으며 말했습니다.

"폐하, 사람은 자기에게 없는 것을 원하기 마련이지요."

Kvarpieda Reĝo

Afanti suferis okulinflamon, tiel ke li ne povis klare distingi objektojn. La reĝo intence ordonis lin rigardi tion kaj alion por lin moki, dirante: "Afanti, ĉu estas vere, ke unu objekto rigardata de vi tuj fariĝas du? Pro malriĉeco vi havas nur unu azenon, sed nun ĝi fariĝis du. Do vi riĉiĝis! Ha ha ha!"

"Tute prave, via reĝa moŝto!" respondis Afanti. "Nun mi vidas, ke vi estas kvarpieda same kiel mia azeno."

네 발 달린 왕

아판티는 눈에 난 염증 때문에 사물을 또렷이 볼 수 없었습니다. 이를 알아챈 왕은 일부러 그에게 여기저기를 보라고 시키며 조롱했습니다.

"아판티, 자네가 한 가지 대상을 보면 두 개로 보인다는 것이 사실인가? 그렇다면 가난 때문에 당나귀 한 마리만 갖고 있던 자네도 이제 두 마리가 생겼으니, 부자가 된 셈이군! 하하하!"

그러자 아판티가 태연하게 대답했습니다.

"그렇습니다, 폐하! 그리고 지금 보니, 폐하께서도 제 당나귀처럼 네 발로 걷고 계시는군요."

Ŝarĝo por Du Azenoj

Foje la reĝo kaj ĉefkortegano iris ĉasi kun Afanti. Ĉar estis varmege, la-du moŝtoj demetis vestaĵojn kaj ilin donis al Afanti, por ke li ilin portu surŝultre.

Daŭrigante la iradon, Afanti ŝvitegis sub la ŝarĝo. Tion vidinte, la reĝo ŝercis: "Ho, mia Afanti, vi estas tre kapabla. Via ŝarĝo pezas sufiĉe por unu azeno."

Aŭdinte kion la reĝo diris, Afanti indigniĝis kaj replikis kun trankvilo: "Ne, via moŝto, sur miaj ŝultroj estas ŝarĝo por du azenoj!"

당나귀 두 마리를 위한 짐

어느 날, 왕은 수석 신하와 함께 아판티를 데리고 사냥을 나섰습니다. 날씨가 몹시 더웠기에, 왕과 신하는 겉옷을 벗어 아판티에게 맡기고는 가볍게 걸었습니다.

아판티는 무거운 옷을 어깨에 둘러멘 채 걸음을 옮겼고, 얼마 지나지 않아 땀이 비 오듯 흘렀습니다. 이를 본 왕은 농담조로 말했습니다.

"아판티, 자네는 참으로 힘이 좋군. 짐이 마치 당나귀 한 마리에 실을 만큼이나 무겁겠어!"

그러자 아판티는 태연하게 대꾸했습니다.

"아닙니다, 폐하. 제 어깨에는 나귀 두 마리 몫의 짐이 실려 있습니다!"

Li Nesubigebla

Iu reĝo ĉiam opiniis sin saĝa kaj ŝatis subigi aliajn per malfacilaj demandoj. Foje li venigis dek du mil instruitojn por demandi ilin, kie estas la centro de la mondo. Neniu el ili povis respondi. La reĝo fariĝis ankoraŭ pli fiera kaj tuj ordonis afiŝe deklari al la publiko, ke tiu, kiu prave respondos, estos premiita kaj tiu, kiu erare respondos, punita.

Homoj venis amason post amaso por legi la afiŝon, sed foriris kapneante post la lego. Nur Afanti, leginte la afiŝon, tuj ekrajdis sur sia azeno al la reĝa palaco.

Li eniris la palacon, kuntirante sian azenon. La reĝo mirigite demandis: "Do, vi scias, kie troviĝas la centro de la mondo?"

"Jes, via moŝto," respondis Afanti, "ĝi ĝuste situas tie, kie staras la maldekstra antaŭa piedo de mia azeno."

"Sensencaĵo, mi ne kredas!"

"Ne kredas? Bonvolu mezuri la tutan mondon. Punu min, se estas malĝuste."

"Tio... tio..." balbutis la reĝo, kiu post longa

meditado povis nur demandi, "...do, respondu min plue, kiom da steloj estas sur la ĉielo?"

"Ĉu steloj sur la ĉielo?" Afanti senpense respondis: "Ili estas samnombraj kiel viaj vangharoj, ne pli kaj ne malpli."

"Kion vi diras? Sensencaĵo!"

"Tio estas pura vero. Se vi ne kredas, iru al la ĉielo kaj kalkulu. Vi punu min, se estus unu pli aŭ malpli."

"Do... do... diru, kiom da haroj estas sur miaj vangoj? Rapide respondu al mi!"

Afanti levis la voston de sia azeno per unu mano kaj fingromontris al la mentono de la reĝo per la alia mano, dirante: "Viaj vangharoj estas ĝuste samnombraj kiom tiuj sur la vosto de mia azeno!"

"Kia absurdaĵo, sensencaĵo!" kriis la reĝo, frapante la tablon.

Afanti trankvile aldonis: "Se via reĝa moŝto opinias min malprava, bonvolu kalkuli unue la harojn sur viaj vangoj kaj poste tiujn sur la vosto de mia azeno. Post via kalkulado vi scios, ke mi pravas."

Aŭdinte tion, la reĝo povis nenion plu eldiri.

그는 무적이다

어느 날, 한 왕이 자신의 지혜를 뽐내고 싶어 학자들을 1만 2천 명이나 불러 모았습니다. 그는 으스대며 물었습니다.

"세상의 중심이 어디인가?"

그러나 아무도 대답하지 못했습니다. 왕은 더욱 우쭐해져 즉시 명령을 내렸습니다.

"정답을 맞힌 자에게는 큰 상을 내리고, 틀린 자에게는 벌을 내릴 것이다!"

이 소식을 담은 포스터가 곳곳에 붙었고, 사람들은 호기심에 몰려들었지만, 읽고 나서는 하나같이 고개를 저으며 떠날 뿐이었습니다.

그런데 오직 아판티만이 포스터를 읽고는 당나귀를 타고 곧장 왕궁으로 향했습니다.

왕 앞에 도착한 아판티를 보고 왕이 물었습니다.

"자네, 세상의 중심이 어딘지 알고 있단 말인가?"

"그렇습니다, 폐하."

"그렇다면 어디인가?"

아판티는 태연하게 대답했습니다.

"바로 제 당나귀 왼쪽 앞발이 닿아 있는 곳이 세상의 중심입니다."

왕은 황당하다는 듯 소리쳤습니다.

"터무니없는 소리! 믿을 수 없소!"

그러자 아판티가 덤덤히 말했습니다.

"믿지 못하시겠다면 전 세계를 측정해 보십시오. 만약 제가 틀렸다면 기꺼이 벌을 받겠습니다."

왕은 말문이 막혀 더듬거렸습니다. 그러다 얼버무리듯 다른 질문을 던졌습니다.

"그... 그렇다면, 하늘에 별이 몇 개나 있는지 말해보시오!"

"하늘의 별이요?" 아판티는 잠시 생각하는 듯하더니 태연히 말했습니다.

"별의 수는 폐하의 수염과 정확히 같습니다. 더 많지도, 적지도 않죠."

왕은 얼굴을 찡그리며 소리쳤습니다.

"이게 무슨 말도 안 되는 소리냐!"

"의심이 드십니까? 그렇다면 천국에 가서 직접 세어보십시오. 만약 하나라도 차이가 있다면, 기꺼이 벌을 받겠습니다."

왕은 더욱 당황하여 다시 물었습니다.

"그럼… 그럼 내 뺨에는 털이 몇 개나 있는지 아시오? 단번에 대답해 보시오!"

그러자 아판티는 당나귀의 꼬리를 들어 올리더니, 왕의 턱을 가리키며 태연하게 말했습니다.

"폐하의 수염과 제 당나귀 꼬리의 털 수는 똑같습니다!"

"이런 터무니없는 말이 어디 있단 말이냐!" 왕은 탁자를 쾅 하고 내리치며 소리쳤습니다.

그러나 아판티는 여전히 침착하게 말했습니다.

"만약 제가 틀렸다고 생각하신다면, 폐하께서 먼저 뺨에 난 수염을 세어 보십시오. 그리고 나서 제 당나귀 꼬리의 털도

하나하나 세어보시면 됩니다. 그렇게 하면 제가 옳다는 걸 알게
되실 겁니다."

　　이 말을 들은 왕은 더 이상 아무 말도 할 수 없었습니다.

Sorĉa Povo kontraŭ Pluvo

La reĝo iris ĉasi kun Afanti. Li kaj liaj korteganoj rajdis sur kurĉevaloj, sed ordonis al Afanti rajdi sur malrapidema ĉevalo. Rajdante, ili atingis Gobi-dezerton je la tagmezo, kiam subite ventegis, densaj nuboj kovris la ĉielon, fulmis, tondris kaj pluvegis. La reĝo kaj liaj korteganoj galopis al la ĉefurbo kun siaj vestaĵoj jam tramalsekigitaj de la pli kaj pli densiĝanta pluvado. Sed la malrapidema ĉevalo, sur kiu rajdis Afanti, haltis pro timo de la fulmotondro. Afanti saltis de ĝi, deprenis sian veston kaj zorge metis ĝin sub la selon. Fine forpasis la fulmotondro kaj pluvego, kaj denove aperis la suno. Trankvile surmetinte sian veston, Afanti malrapide rajdis al la ĉefurbo. Kiam li eniris la palacon, la reĝo tre miris kaj demandis lin: "Afanti, kiamaniere vi povis reveni kun seka vesto eĉ sen unu guto da pluvo? Ĉu vi havas ian sorĉan povon kontraŭ pluvo?"

Afanti respondis kun rideto: "Ne, via reĝa moŝto, kiam vi fuĝis de la pluvo, la pluvo ankaŭ postsekvis vin. Mia maldiligenta ĉevalo malrapide kondukis min al granda pitoreska ĝardeno, vere la plej bela en la mondo — forte aroma multkolora florado, ombro de verdaj arboj, fruktoriĉaj arbustoj, sur kies branĉoj kantis najtingaloj, fluis kanaletoj kaj naĝis fiŝidoj en la klaraj ondoj. Mi iom ĝuis tie kaj poste revenis."

Aŭdinte tion, la reĝo gapis, miregis kaj tre deziris viziti la ĝardenon.

Ankaŭ la sekvan tagon la reĝo iris ĉasi kun Afanti, sed ĉi-foje li ordonis al Afanti rajdi sur la reĝa kurĉevalo, dum li mem rajdis sur la malrapidema ĉevalo. Ili rajdis kaj rajdis kaj fine atingis Gobion, sed, kiam ili apenaŭ ekĉasis, subite ekventegis, ruligis nigraj nuboj kaj baldaŭ pluvegis. Afanti batetis la kokson de la kurĉevalo per sia vipo, post kio ĝi tuj ekgalopis kaj atingis la ĉefurbon en nura momento apenaŭ kun pluva guto sur si. Sed la malrapidema ĉevalo ree haltis pro timo de la fulmotondro. La reĝo batadis ĝin per piedo kaj vipo, sed ĝi staradis obstine sen movo. Senĉese verŝiĝis la pluvego, sed la reĝo povis nenion fari krom stari sub la pluvo. Post kiam la pluvo ĉesis, la ĉevalaĉo malrapide revenis al la ĉefurbo kun la reĝo sur sia dorso.

Vidinte Afanti, la reĝo eksplodis pro kolero: "He vi! Afanti! Kio vi estas, ke vi aŭdacis trompi eĉ min, vian reĝon?"

"Ne, via reĝa moŝto," respondis Afanti kun rideto, "se vi metus viajn vestaĵojn sub la selon kiel mi, ankaŭ vi povus reveni seka sen eĉ unu pluvoguto sur la vestoj."

비에 대항하는 마법의 힘

어느 날, 왕은 아판티와 함께 사냥을 떠났습니다. 왕과 신하들은 빠른 경주마를 탔지만, 아판티에게는 느린 말을 타라고 명령했습니다.

그들은 한참을 달려 정오 무렵 고비 사막에 도착했습니다. 그런데 갑자기 하늘이 어두워지더니, 거센 바람이 불고 천둥번개가 치기 시작했습니다. 곧이어 폭우가 쏟아졌고, 왕과 신하들은 옷이 흠뻑 젖은 채 수도를 향해 서둘러 달렸습니다.

하지만 아판티의 느린 말은 번개가 무서워 멈춰 섰습니다. 아판티는 황급히 말에서 내려 옷을 벗어 안장 밑에 조심스럽게 넣었습니다. 그리고 빗속에서 가만히 기다렸습니다.

잠시 후, 천둥번개가 멎고 비구름이 걷히더니 다시 태양이 떠올랐습니다. 아판티는 안장 밑에 넣어 둔 마른 옷을 꺼내 입고 천천히 수도를 향해 걸음을 옮겼습니다.

그가 궁전에 도착했을 때, 왕은 깜짝 놀라 물었습니다.

"아판티! 어떻게 너만 비 한 방울도 맞지 않은 채 마른 옷을 입고 있는 것이냐? 혹시 비를 피하는 마법이라도 있는 것이냐?"

아판티는 빙그레 웃으며 대답했습니다.

"아닙니다, 폐하. 폐하께서 비를 피해 달아나실 때, 비도 폐하를 따라갔을 뿐입니다. 반면 저는 느린 말 덕분에 비가 내리지 않는 가장 아름다운 정원을 발견할 수 있었습니다."

"정원이라고?" 왕이 의아해하자 아판티는 태연히 말을 이었습니다.

"네, 그곳에는 형형색색의 꽃들이 만발하고, 푸른 나무 그늘 아래엔 잘 익은 과일이 주렁주렁 열려 있었습니다. 나이팅게일이 나뭇가지에서 노래하고, 맑은 개울 속에서는 물고기들이 유유히 헤엄치고 있었습니다. 그곳이 너무 아름다워 잠시 놀다 왔을 뿐입니다."

왕은 그 말을 듣자 당장 그 정원을 보고 싶어졌습니다.

다음날, 왕은 다시 아판티와 함께 사냥을 떠났습니다. 이번에는 왕이 아판티에게 빠른 경주마를 타라고 명령하고, 자신은 아판티가 타던 느린 말을 탔습니다.

그들은 한참을 달려 다시 고비 사막에 도착했습니다. 그런데 이번에도 갑자기 검은 구름이 몰려오더니 강한 바람이 불고 폭우가 쏟아지기 시작했습니다.

아판티는 재빨리 채찍으로 경주마의 엉덩이를 때리며 달리게 했습니다. 경주마는 순식간에 수도로 내달렸고, 아판티는 단 한 방울의 비도 맞지 않은 채 궁전에 도착했습니다.

그러나 왕이 탄 느린 말은 또다시 멈춰 섰습니다.

왕은 안절부절못하며 발로 차고 채찍으로 때려도 말은 꿈쩍도 하지 않았습니다.

결국 왕은 폭우 속에 서 있을 수밖에 없었고, 온몸이 흠뻑 젖어 비를 맞으며 수도로 돌아왔습니다.

왕궁에 도착한 왕은 분노를 터뜨렸습니다.

"아판티! 감히 나를 속인 것이냐!"

그러자 아판티는 태연히 웃으며 대답했습니다.

"아닙니다, 폐하. 제가 폐하를 속인 것이 아닙니다. 다만, 폐하께서도 저처럼 미리 옷을 안장 밑에 넣어두셨다면, 지금쯤 마른 옷을 입고 계셨겠지요."

Plantado de Oro

Prunterpreninte kelkajn uncojn da oro, Afanti rajdis al la kamparo sur sia azeno. Poste, sidante sur apudrivera sablejo, li atenteme kribradis la oron, ĝuste kiam la reĝo preterpasis pro ĉasado. La reĝo trovis lian agon iom stranga kaj demandis: "He, Afanti, kion vi faras?"

"Ha, estas vi, via reĝa moŝto, mi plantas oron."

Aŭdinte tion, la reĝo ankoraŭ pli miris kaj plu demandis: "Rapide diru al mi, saĝa Afanti, kial vi plantas oron?"

"Ĉu vi ankoraŭ ne komprenas, via moŝto?" respondis Afanti. "Nun ni semas ĝin, post certa periodo ni rikoltos kaj tiam portos la unuajn dek uncojn da oro al la hejmo."

La okuloj de la reĝo ekbrilis. "Kial ne manĝi tiel malmultekostan ŝafvoston?" li pensis. Tuj li ridetante konsilis al Afanti: "Mia bona Afanti! Vi ne havos grandan riĉiĝon, se vi semos nur tiel malmulte da oro. Vi devus semi pli multe. Se semo mankas, iru al mia palaco preni! Vi rajtas preni, kiom vi volas. Alkalkulu ĝin al ni ambaŭ. Donu al mi okdek procentojn, kiam la oro estos rikoltita."

"Bonege, via reĝa moŝto!"

La postan tagon Afanti prenis du ĝinojn* da oro el la palaca trezorejo kaj redonis la pruntitan. Post semajno li denove pruntis ĉirkaŭ dek ĝinojn da oro kaj ĝin donis al la reĝo. Vidinte la brilan oron, la reĝo ekridis, ne povante fermi sian buŝon. Li tuj ordonis iujn subulojn doni al Afanti kelkajn kestojn da oro konservitajn en la trezorejo.

Reveninte hejmen kaj redoninte la pruntitan oron, Afanti disportis la oron al la malriĉuloj.

Pasis jam unu semajno, antaŭ ol Afanti denove iris viziti la reĝon, kvankam ĉi-foje kun malplenaj manoj kaj malĝoja mieno. Vidinte, ke Afanti alvenis, la reĝo ridis kun duonfermitaj okuloj kaj malpacience demandis: "Vi venis! Ĉu ankaŭ ŝarĝbestoj kaj ĉaroj kun oro venis?"

"Ve al mi!" subite ekploris Afanti. "Ĉu vi ne rimarkis, ke tute ne pluvis lastatempe. Nia oro tute mortis pro la sekeco! Ni perdis eĉ la semon, se ne paroli pri la rikolto."

La reĝo tuj eksplodis pro kolero kaj depaŝis de la trono, laŭte kriaĉante: "Sensencaĵo! Mi ne kredas vian babilaĉon! Kiun vi intencas trompi! Kiel oro povas morti pro sekeco?"

"Ho, strange!" miris Afanti. "Se vi ne kredas, ke

oro povas morti pro sekeco, kial vi kredas, ke ĝi povas kreski post semado?"

Aŭdinte tion, la reĝo nenion povis plu eldiri, kvazaŭ io ŝtopus lian buŝon.

금 심기

　　어느 날, 아판티는 몇 온스의 금을 빌린 후 당나귀를 타고 시골로 향했습니다. 그는 강가 모래톱에 앉아 조심스럽게 금을 체질하며 무엇인가를 심고 있었습니다.

　　마침 왕이 사냥을 하러 지나가다가 그 모습을 보고 이상하게 여겨 물었습니다.

　　"아판티, 대체 뭘 하고 있는 것이냐?"

　　그러자 아판티는 태연하게 대답했습니다.

　　"아, 전하! 저는 지금 금을 심고 있습니다."

　　왕은 깜짝 놀라며 다시 물었습니다.

　　"금을 심는다고? 그게 무슨 말이냐?"

　　아판티는 심각한 얼굴로 대답했습니다.

　　"아직도 이해하지 못하셨습니까, 폐하? 지금은 씨를 뿌리는 시기이니, 시간이 지나면 풍성한 수확을 거둘 것입니다. 그때쯤이면 저는 첫 번째 열매로 10온스의 금을 집으로 가져갈 수 있겠지요."

　　왕의 눈이 반짝였습니다.

　　'이렇게 쉬운 방법으로 금을 얻을 수 있다니! 내가 왜 안 했을까?'

　　왕은 아판티의 어깨를 토닥이며 말했습니다.

　　"아판티, 너는 정말 현명하구나! 하지만 그렇게 적게 심어서야 언제 큰 부자가 되겠느냐? 더 많이 뿌려야지! 금이 부족하면 궁전으로 와서 원하는 만큼 가져가거라. 대신, 수확이 끝나면 80%는 내게 주는 것이 어떻겠느냐?"

아판티는 환하게 웃으며 대답했습니다.

"좋습니다, 폐하! 아주 좋은 생각이십니다."

다음날, 아판티는 왕의 허락을 받아 궁전 금고에서 금 2진을 꺼내 빌린 돈을 갚았습니다.

일주일 후, 그는 10진의 금을 빌려 왕에게 주었습니다.

왕은 빛나는 금을 보며 기쁨을 감추지 못하고 크게 웃었습니다.

"아판티, 너는 참으로 훌륭하구나! 이 기회를 놓칠 수 없지!"

왕은 신하들에게 명령하여 금고에 보관된 금화 상자 몇 개를 아판티에게 주도록 했습니다.

아판티는 집으로 돌아와 빌린 금을 모두 갚고, 남은 금을 가난한 사람들에게 나누어 주었습니다.

그 후, 일주일이 지나 아판티는 다시 왕을 찾아갔습니다. 하지만 이번에는 빈손이었고, 표정도 어두웠습니다.

그가 도착하자 왕은 의기양양한 얼굴로 물었습니다.

"드디어 왔군! 금을 실은 수레와 짐을 가득 실은 당나귀는 어디 있느냐?"

그러자 아판티는 갑자기 울음을 터뜨리며 말했습니다.

"아이고, 폐하! 큰일 났습니다! 최근에 비가 전혀 내리지 않은 것을 모르셨습니까? 가뭄이 너무 심해서 금이 전부 말라 죽고 말았습니다! 수확은커녕, 씨앗으로 심었던 금조차 모두 잃어버렸습니다."

왕은 얼굴이 붉어지며 자리에서 벌떡 일어났습니다.

"이게 무슨 허튼소리냐! 금이 가뭄 때문에 죽을 리가 있느냐? 감히 나를 속이려 드는 것이냐?"

그러자 아판티는 고개를 갸우뚱하며 태연하게 말했습니다.

"어이쿠, 이상하네요! 폐하께서는 금이 가뭄으로 죽을 수 없다고 생각하시면서, 어찌하여 금이 뿌려지면 자라날 수 있다고 믿으셨습니까?"

그 말을 들은 왕은 마치 입이 막힌 것처럼 아무 말도 하지 못했습니다.

Afanti kaj la Reĝo

Iun frostan vintran tagon anoncisto el la reĝa palaco kriaĉis inter gongado kaj tamburado en la ĉefurbo: "Aŭskultu vi ĉiuj! Jen la edikto de lia reĝa moŝto: Al tiu, kiu povos nude tranokti, sidante sur la urbomuro, la reĝo donos sian filinon kaj duonon de sia lando..." Aŭdinte tion, Afanti pensis, ke ne estus senutile provi mistifiki tiun reĝon, kiu provas mistifiki la popolon. Sekve Afanti eniris la palacon kaj sciigis la reĝon: "Plej estimata, mi volonte tranoktos sur la urbomuro."

Aŭdinte la vortojn de Afanti, la reĝo tre surpriziĝis kaj ordonis iujn lakeojn depreni lian veston kaj lasi lin tranokti en la difinita loko sur la urbomuro, aldonante: "Li tutcerte mortos pro la frosto. Hm, kreteno!"

"Via reĝa moŝto, bonvolu ordoni viajn subulojn meti grandan ŝtonon sur la muron," petis Afanti.

"Kreteno, kion fari per ŝtonego?" demandis la reĝo.

"Tio estas mia sekreto. Mi ne suriros, se ne estos ŝtono," persistis Afanti.

Laŭ ordono de la reĝo la servistoj deprenis la veston de Afanti, lasis lin suriri la urbomuron kaj plie portis tien ŝtonegon. Farinte ĉion ordonitan, ili forprenis la ŝtupetaron, pensante, ke li certe mortos pro la forta frosto.

Tiun nokton estis terure malvarme, sed Afanti havis rimedon kontraŭ la frosto. Li ne kaŭris en unu loko, sed rulis la ŝtonegon tien kaj reen. Tiamaniere li trapasis la tutan frostan nokton.

La postan matenon la reĝo kaj liaj suboloj, veninte al la piedo de la urbomuro, aŭdis senĉesan murmuradon de Afanti: "Fu, varmege, vere varmege!" Je la sunleviĝo Afanti surmetis sian veston donitan de la palacaj servistoj kaj, malsuprengrimpinte la ŝtuparon, diris al la reĝo: "Via estimata reĝa moŝto, mi tranoktis senveste sur la urbomuro, vi devas nun doni al mi vian filinon kaj duonon de via lando laŭ via promeso."

La reĝo mutiĝis pro la neatendita postulo kaj ekcerbumis por ruze elturniĝi. Fakte li tute ne estis sincera, ĉar li nur deziris distriĝi per la artifiko, ne kredante, ke iu travivus la provon. "Diablo scias, kial Afanti ne mortis pro la frosto," li ripete pensis en si. Post iom da tempo li demandis: "He! Afanti, ĉu vi vidis la lunon en la nokto?"

"Jes, mi vidis ĝin," respondis Afanti.

La malgaja mieno de la reĝo tuj ŝanĝiĝis, kaj li laŭte kriis: "Ho, vi varmigis vin per la lunbrilo, agante kontraŭ miaj kondiĉoj. Elpelu ĉi tiun trompulon!" Tiel Afanti estis elpelita.

Afanti, plena de koleto, ne volis plu vivi en la urbo, sed transloĝiĝis al la kamparo, kie li loĝis apud iu puto.

Iun varman someran tagon la reĝo kaj lia sekvantaro ĉasis tutan tagon en la kamparo. Ili eksuferis pro soifo kaj serĉadis akvon. Subite la reĝo trovis kabanon kaj alrajdis, kriaĉante: "He, kie estas la mastro? Rapide akceptu gastojn!"

Elirinte, Afanti diris: "Via justa rega moŝto, ne ĝeniĝu en mia hejmo, diru kion vi volas?"

"Akvon! Mi baldaŭ mortos pro soifo," kolere kriaĉis la reĝo.

"Ho, akvon, mi tuj iru alporti," obeis Afanti.

Afanti ne ĉerpis akvon, sed malligis la ŝnuron de la sitelo, ĝin kaŝis sub sablon kaj sidiĝis ĉe la puto.

Post ioma atendo la reĝo malpacienciĝis kaj ordonis lakeon serĉi Afanti. La lakeo baldaŭ revenis kaj raportis: "Via reĝa moŝto, Afanti diris: "Vi, aro da stultuloj, mem venu al la puto!" Kian absurdaĵon li diris!"

"For!" kolere riproĉis la reĝo, kiu tamen estis devigita mem veni al la puto same kiel lia sekvantaro. Vidinte Afanti, li koletre demandis lin: "Kreteno, kie estas la akvo?"

"Via saĝa moŝto, rigardu en la puton," respondis Afanti en kvieta tono.

"Kreteno, kiel mi povas trinki, se mankas siteloŝnuro?"

"Sed estas akvobrilo, via moŝto."

"Kreteno, kiel akvobrilo povas sensoifigi min?" kriaĉis la reĝo konfuzite.

Rigardante lian tiranan, stultan mienon, Afanti ekridis: "Ha, via reĝa moŝto, kiel akvobrilo ne povas vin sensoifigi, se lumbrilo povis min varmigi dum frosta nokto?"

La reĝo povis nenion respondi.

아판티와 왕

추운 겨울날, 왕궁의 명령을 전달하는 신하가 북과 징을 울리며 성 안을 돌아다녔습니다.

"모두 들어라! 왕의 엄숙한 칙령이시다! 만약 누군가 성벽 위에서 벌거벗은 채 밤을 지새운다면, 왕께서 그의 딸과 왕국의 절반을 내릴 것이다!"

이 황당한 소식을 들은 사람들은 웅성거리며 수군거렸습니다. 그러나 아판티는 속으로 생각했습니다.

'이 왕은 늘 사람들을 골탕 먹이려 하니, 나도 한 번 그를 골려 줘야겠군.'

그는 곧장 궁전으로 가 왕에게 말했습니다.

"전하, 제가 성벽 위에서 벌거벗은 채 밤을 지새우겠습니다!"

왕은 깜짝 놀라면서도 속으로 비웃으며 신하들에게 명령했습니다.

"좋다! 이 바보의 옷을 벗기고 성벽으로 데려가라! 그는 서리 맞아 얼어 죽을 것이다, 하하하!"

그러나 아판티는 왕에게 조용히 말했습니다.

"전하, 성벽 위에 큰 돌 하나를 올려 주십시오."

왕은 어이없다는 듯 물었습니다.

"큰 돌을 올려서 뭘 어쩌겠다는 거냐?"

아판티는 웃으며 대답했습니다.

"그건 제 비밀입니다. 돌이 없다면 성벽에 오를 수 없습니다."

왕은 속으로 수상하다고 생각했지만, 그의 요구를 들어주었습니다. 하인들은 아판티의 옷을 벗긴 뒤 성벽 위로 올려 보내고, 그가 원한 대로 큰 돌도 올려 놓았습니다. 그리고 그가 곧 얼어 죽을 것이라 확신하며 사다리를 치웠습니다.

하지만 아판티는 추위에 가만히 있지 않았습니다. 그는 돌을 이리저리 굴리며 몸을 따뜻하게 했고, 그렇게 밤을 버텼습니다.

"아, 너무 덥군요!"

다음 날 아침, 왕과 신하들은 성벽 아래 모여 아판티가 얼어 죽었을지 확인하려 했습니다. 그런데 웬걸! 아판티는 살아 있었을 뿐만 아니라, 웅얼거리고 있었습니다.

"와, 정말 덥구나! 이렇게 더울 줄이야!"

왕은 크게 놀라며 그를 궁으로 데려왔습니다.

"전하, 저는 왕의 칙령대로 성벽 위에서 벌거벗은 채 밤을 지샜습니다. 이제 왕께서 약속하신 공주님과 왕국의 절반을 주십시오."

왕은 당황하여 얼굴이 굳어졌고, 곧 교활한 꾀를 떠올렸습니다. 그는 가짜 미소를 지으며 물었습니다.

"아판티, 어젯밤 달을 보았느냐?"

아판티는 아무 생각 없이 대답했습니다.

"네, 물론 보았습니다."

그러자 왕은 크게 소리쳤습니다.

"아하! 네놈은 달빛으로 몸을 따뜻하게 했구나! 그러니 내 시험을 제대로 통과한 것이 아니야! 당장 이 사기꾼을 추방하라!"

그렇게 아판티는 왕국에서 쫓겨났습니다.

분노한 아판티는 도시를 떠나 조용한 시골로 이사했습니다.
그는 우물 옆에 작은 오두막을 짓고 살기 시작했습니다.

한여름의 뜨거운 날, 왕과 수행원들은 사냥을 마치고 시골
을 지나고 있었습니다. 태양이 뜨겁게 내리쬐자, 그들은 목이 타
들어 갔습니다.

그때 왕이 우물 옆 오두막을 발견하고 소리쳤습니다.

"여보시오! 이 집 주인은 어디 있는가? 어서 나와 손님을
맞이하라!"

오두막에서 나온 이는 다름 아닌 아판티였습니다.

그는 왕을 보더니 태연하게 말했습니다.

"폐하, 저를 방해하지 마십시오. 원하시는 대로 하십시오."

왕은 화가 나서 소리쳤습니다.

"물이다! 나는 곧 목이 말라 죽을 것 같으니, 어서 물을 가
져오라!"

아판티는 싱긋 웃으며 말했습니다.

"아, 알겠습니다. 물을 길어오겠습니다."

그러고는 우물로 가더니, 밧줄을 풀어 모래 아래 숨기고는
가만히 앉아 있었습니다. 시간이 지나도 물이 오지 않자, 왕은
참을성을 잃고 하인을 보내 아판티를 재촉하게 했습니다.

하인이 우물가에 가보니, 아판티는 태연한 얼굴로 앉아 있
었습니다.

"폐하께서 물을 가져오라 하셨습니다!"

그러자 아판티는 무심하게 대답했습니다.

"이 바보들아, 물이 필요하면 직접 우물로 오너라!"

하인은 황당해하며 왕에게 보고했습니다. 왕은 화를 참지

못하고 직접 우물로 갔습니다.

"이 바보야! 물은 어디 있느냐?"

아판티는 조용히 웃으며 대답했습니다.

"폐하, 우물 속을 들여다보세요."

왕이 우물 안을 들여다보니, 물이 저 아래에서 반짝이고 있었습니다.

"바보야! 밧줄이 없으면 우리가 어떻게 물을 길어 올릴 수 있겠느냐?"

그러자 아판티는 빙긋이 웃으며 말했습니다.

"아, 이상하네요. 폐하께서는 저더러 한겨울 밤에 달빛으로 몸을 따뜻하게 했다고 하셨습니다. 그렇다면 물 한 줄기로도 폐하의 갈증을 충분히 해소할 수 있지 않겠습니까?"

그제야 왕은 깨달았습니다. 그는 굳어버린 얼굴로 아무 말도 하지 못했습니다.

Forto de Kamparanoj

La reĝo volis scii, ĉu troviĝas iu pli forta ol li mem inter liaj popolanoj, kaj venigis Afanti por pridemandado: "Nasrudin, vi migris ĉien tra la urboj kaj kamparoj. Ĉu ie vi trovis iun pli fortan ol mi inter la popolanoj?"

"Kompreneble, via reĝa moŝto, tre multajn!" respondis Afanti.

"Kiuj ili estas?" surpriziĝis la reĝo.

"Ja la kamparanoj!" respondis Afanti.

"Sensencaĵo! Nenian fortecon havas la kamparanoj, kiuj scias nur plugi! Kiel ili povas esti pli fortaj ol mi?"

"Ja pli fortaj ol vi!" insistis Afanti. "Kian forton vi havus, se ili ne nutrus vin?"

농부의 힘

왕은 자기 백성 중에 자신보다 강한 사람이 있는지 궁금해 하며 아판티를 불렀습니다.

"나스루딘, 너는 도시와 시골을 두루 돌아다녔으니, 내 백성 중에서 나보다 더 강한 사람이 있으면 말해보아라."

아판티는 대답했습니다.

"물론입니다, 폐하! 아주 많습니다!"

왕은 깜짝 놀라며 물었습니다.

"그들이 누구냐?"

아판티는 미소를 지으며 대답했습니다.

"바로 농민들입니다!"

왕은 의아해하며 말했습니다.

"농민들? 쟁기질만 하는 농부들이 어떻게 나보다 강할 수 있겠느냐?"

아판티는 확신에 찬 목소리로 말했습니다.

"그들이 폐하보다 강합니다! 만약 그들이 폐하에게 먹을 것을 주지 않는다면, 폐하에게 무슨 힘이 있겠습니까?"

Bonege!

Iun vintron Afanti konstruis varmejon por kulturi dolĉajn melonojn. Rikoltinte, li elektis kelke da freŝaj por la reĝo kun la celo akiri iom da mono. Neatendite por Afanti, la reĝo, akceptinte la melonojn, pagis neniom da mono, sed nur laŭdis lin, trifoje dirante al li: "Bonege!"

Afanti eliris el la palaco kun la stomako murmuranta pro malsato kaj krome havis neniom da mono kun si. Iom pensinte, li eniris restoracion, kie li manĝis dudek farĉitajn bulkojn.

"Bonege, bonege, bonege!" laŭte kriis trifoje Afanti preta foriri, satmanĝinte.

"Kie la pago?" kriis la mastro. "Vi ankoraŭ ne pagis!"

"Kiel? Ĉu ĵus mi ne donis al vi?" protestis Afanti kun ŝajnigita mirego.

Nenion plu dirinte, la mastro tiris lin al la reĝo por ricevi juĝon. Atudinte, ke Afanti ne pagis pro la manĝaĵo, la reĝo eksplodis pro kolero: "Kial vi opinias, ke vi rajtas manĝi la bulkojn de aliulo senpage?"

"Via reĝa moŝto, mi ne eraras," respondis Afanti. "Ĉi tiu mastro estas tro avara. Mi manĝis nur dudek bulkojn kaj pagis lin pro ĉiuj per eĉ trifoja 'Bonege', same kiel vi ĵus pagis min pro la melonoj. Kial li ankoraŭ postulas de mi monon?"

Aŭdinte la pledon de Afanti, la reĝo nenion povis eldiri.

훌륭해!

어느 추운 겨울, 아판티는 달콤한 멜론을 재배하기 위해 온실을 짓고 수확을 마친 뒤, 왕에게 드릴 신선한 열매 몇 개를 골라갔습니다. 그러나 왕은 멜론을 받았음에도 불구하고 돈을 주지 않고, 그저 칭찬만 하며 세 번이나 "훌륭해!"라고 반복했습니다.

배가 고프고 돈도 없는 아판티는 궁전을 나서다가 한 식당에 들어가 20개의 빵을 먹었습니다. 배불리 먹은 후, 그는 큰 소리로 세 번 "좋아요, 좋아요, 좋아요!"라고 외쳤습니다.

"지불은 어디서 하나요?" 식당 주인이 물었습니다. "아직 돈을 내지 않았습니다!"

아판티는 놀란 척하며 말했습니다. "어떻게? 제가 방금 당신에게 준 게 아니었나요?"

주인은 아무 말 없이 그를 왕에게 데려가 재판을 받게 했습니다. 아판티가 음식값을 지불하지 않았다는 이야기를 듣고 왕은 분노하며 물었습니다.

"왜 다른 사람의 빵을 무료로 먹을 권리가 있다고 생각하느냐?"

아판티는 차분하게 대답했습니다.

"폐하, 저는 틀리지 않았습니다. 이 주인은 너무 인색합니다. 저는 빵 20개만 먹었을 뿐인데, 그에게 세 번이나 '좋아요'라고 말하며 돈을 지불했어요. 마치 폐하께서 저에게 멜론 값을 지불하신 것처럼요. 그럼에도 불구하고 그가 왜 아직도 돈을 요구하는지 모르겠습니다."

아판티의 말에 왕은 더 이상 할 말을 잃고 아무 대답도 하지 못했습니다.

Sindefendo kontraŭ Ŝtelistoj

Preteriринте la reĝan palacon, Afanti vidis amason da dungitoj kiuj konstruis ĝian muron pli alten sub direkto de kelkaj korteganoj. Surprizite, li demandis la korteganojn: "Kial ĝin ankoraŭ pli altigi?"

"Mia Afanti, vi tiel saĝa viro diras tian stultaĵon!" moke respondis unu el ili. "Ni tion faras por sekurigi la palacon kontraŭ ŝtelistoj, kiuj volus enŝoviĝi por rabi valoraĵojn."

"Jes, tiamaniere ŝtelistoj eksteraj ne havos eblon enveni," konsentis Afanti, "sed, kion vi faros kontraŭ la ŝtelistoj enpalacaj?"

도둑에 대한 자기 방어

아판티는 왕궁을 지나가던 중, 일부 신하들의 지휘 아래 성벽을 더 높이 쌓고 있는 많은 노동자들을 보았습니다. 그는 그 광경에 놀라 신하들에게 물었습니다.

"왜 성벽을 더 높이 쌓는 거죠?"

그 중 한 신하가 조롱 섞인 목소리로 대답했습니다.

"아판티 씨, 당신은 현명한 사람인데, 왜 그런 어리석은 질문을 하시나요? 우리는 귀중품을 훔치려는 도둑들로부터 궁전을 보호하기 위해 성벽을 더 높이는 것입니다."

아판티는 잠시 생각하다가 동의하며 말했습니다.

"그렇군요. 그렇게 하면 외부의 도둑들은 궁전에 들어올 기회가 없겠네요."

그러자 아판티는 다시 한 마디 덧붙였습니다.

"하지만 궁전 안의 도둑들은 어떻게 할 건가요?"

Admono de Alaho

Afanti estis malriĉa kaj ofte suferis pro malsato. Iufoje, irante en la bazaro, li kriadis: "Mi estas sendito de Alaho, mi estas sendito de Alaho!"

Aŭdinte la krion, kontrolistoj de la bazaro tuj raportis la aferon al la guberniestro, kiu sendis venigi Afanti al sia oficejo. "Vi diras, ke vi estas sendito de Alaho, do diru al mi, kion admonis Alaho?" demandis la guberniestro.

"Per la Alaha admono alfluos la bono!" respondis Afanti. "Mi rakontos al vi, kiam mi satiĝis. Unue portu al mi manĝaĵojn."

Pensante, ke venos multe da bonaĵo, la guberniestro tuj ordonis alporti abundan manĝon. Satiĝinte post longa manĝado, Afanti diris: "Alaho admonis min jene: 'Afanti,' li diris, 'la guberniestro forrabis multajn objektojn de la popolanoj kaj tiel senhavigis vin. Do vi manĝu ĉe li'"

알라의 훈계

아판티는 가난하여 자주 굶주림에 시달렸습니다. 어느 날, 그는 시장을 걷다가 갑자기 큰 소리로 외쳤습니다.

"나는 알라의 사자다, 나는 알라의 사자다!"

이 소리를 들은 시장 관리자들은 즉시 그 사실을 주지사에게 보고했고, 주지사는 아판티를 자신의 사무실로 데려오라고 명령했습니다.

"당신이 알라의 사자라고 했는데, 알라가 무슨 명령을 내렸는지 말해 보시오?" 주지사가 물었습니다.

아판티는 대답했습니다.

"알라를 기억하면 선이 흘러나올 것입니다!" 그는 잠시 멈춘 뒤, "내가 충분히 참을 수 있을 때 말해줄게요. 우선, 음식을 좀 가져오세요."

주지사는 많은 좋은 일이 일어날 것이라 기대하며 즉시 많은 음식을 준비하라고 명령했습니다. 아판티는 음식을 배불리 먹은 뒤 이렇게 말했습니다.

"알라께서 나에게 이렇게 경고하셨습니다. '아판티야, 주지사가 국민에게서 많은 것을 훔쳤고, 이제 너를 궁핍하게 만들었으니, 너는 그의 집에서 식사하거라!'"

Stranga Karavano

Iun tagon Afanti iris al la urbo pro afero. Ĉe la urbopordo li vidis la guberniestron, juĝiston, bienulon kaj distriktestron babili sidante antaŭ la preĝejo.

"Ĉu vi venis viziti la urbon, Afanti?" demandis unu el la kvar, kiu konis Afanti.

"Jes," respondis Afanti.

"Venu, venu, Afanti!" denove diris tiu. "Rakontu al ni ion interesan, ĉu bone?"

"Pardonon, mi ne havas tempon," diris Afanti, ŝajnigante sin ne konanta ilin. "Mi ĵus renkontis iun karavanon ekster la urbo kun kvar kameloj, kiuj estas plenŝarĝitaj per varoj. Oni diris al mi, ke la varojn oni portas al la guberniestro, juĝisto, bienulo kaj distriktestro. Ĝuste nun mi serĉas ilin."

Aŭdinte tion, la kvar altranguloj urĝe plu demandis: "Ĉu vi scias, kion ili portas, Afanti?"

"Jes," respondis Afanti, "oni klarigis al mi, ke la unua kamelo portas ĉantaĝon sendatan al la distriktestro, la dua avarecon al la bienulo, la tria korupton al la juĝisto kaj la kvara barbarecon al la guberniestro."

이상한 상인무리

어느 날, 아판티는 출장차 도시로 갔다. 그는 도시의 성문을 지나가다가 주지사, 판사, 지주, 그리고 지방장이 교회 앞에 앉아 담소를 나누고 있는 모습을 보았다.

그중 한 사람이 아판티를 알아보고 물었다.

"아판티, 오랜만이군! 도시를 방문한 건가?"

아판티가 대답했다.

"그렇소."

그가 다시 말했다.

"잘 왔네, 아판티! 무슨 흥미로운 이야기라도 하나 들려주겠나?"

그러나 아판티는 시큰둥한 표정으로 대꾸했다.

"안타깝지만, 지금은 바쁘오."

그리고는 모르는 사람인 듯 딴청을 부리며 덧붙였다.

"방금 도시 외곽에서 네 마리의 낙타를 이끌고 오는 대상(隊商)을 만났소. 낙타들은 등마다 무거운 짐을 가득 싣고 있었는데, 그 물건들이 주지사, 판사, 지주, 그리고 지방장에게 전달될 거라더군. 그래서 지금 그들을 찾고 있는 중이오."

이 말을 듣자, 네 명의 고위 관료는 눈이 휘둥그레지며 다급히 물었다.

"아판티, 그 낙타들이 도대체 무엇을 싣고 있었는지 아는가?"

아판티는 태연하게 대답했다.

"그렇소. 첫 번째 낙타는 지방장에게 보내는 협박을, 두 번째 낙타는 지주에게 보내는 탐욕을, 세 번째 낙타는 판사에게 보내는 부패를, 그리고 네 번째 낙타는 주지사에게 보내는 야만성을 싣고 있다더이다."

Mandareno en Boato

Iu mandareno neniam antaŭe vetutis per boato. Foje li kune kun Afanti transiris riveron per boato, kio estis la unua fojo en lia vivo. Kiam la boato atingis la mezon de la rivero, ekondetis, kio ege timigis lin. Li, tremante pro timo, forte tiris la baskon de Afanti kaj senĉese petadis: "Bona Afanti, bona Afanti! Mia koro elsaltos pro timo, elpensu rimedon por mi!"

"Unu rimedo ja ekzistas, via moŝto, sed mi ne scias, ĉu vi volas akcepti ĝin aŭ ne?"

"Kial ne, Afanti? Mi volonte konsentas ion ajn. Rapidu, mi petas," insistis la mandareno.

"Bone," diris Afanti, "do vi spertu unue en la akvo," kaj puŝis lin en la akvon. Post kiam la mandareno jam kelkfoje subakviĝis, Afanti kaptis lian hararon kaj tiris lin en la boaton.

Tiam la mandareno ne plu timis esti en la boato. Afanti afable demandis lin: "Kiel vi nun sentas vin? Ĉu vi ankoraŭ timas?"

"Ne, ne, nun mi sentas min tre komforta," rapidege respondis la mandareno, tremante pro malvarmo.

"Jes!" meditis Afanti. "Tin, kiu neniam vojaĝis per la piedoj, ne scias kiel bone estas rajdi sur ĉevalo; tiu, kiu neniam subakviĝis, ne sentas la sekurecon de boato. Kiel vi povas kompreni malsaton de la malriĉuloj, se vi ĉiam manĝas bongustan kuskuson?"

배 안의 관리

어느 날, 한 관리가 아판티와 함께 강을 건너기 위해 배를 탔습니다. 그는 한 번도 배를 타 본 적이 없었기 때문에 긴장한 기색이 역력했습니다.

배가 강 한가운데 이르렀을 때, 거센 파도가 일기 시작했습니다. 관리의 얼굴은 순식간에 새하얗게 질렸고, 두려움에 사로잡혀 아판티의 옷자락을 꼭 움켜쥐었습니다. 그러고는 간절한 목소리로 애원했습니다.

"착한 아판티여, 제발 저를 도와주십시오! 가슴이 두려움으로 터질 것 같습니다. 살 방법을 좀 알려 주십시오!"

아판티는 빙긋이 웃으며 대답했습니다.

"방법은 하나뿐입니다. 하지만 과연 당신이 그것을 받아들일 수 있을지 모르겠습니다."

관리는 초조한 목소리로 되물었습니다.

"왜 안 되겠습니까? 어떤 것이든 기꺼이 따를 테니, 어서 말해 주십시오!"

그러자 아판티는 태연하게 말했습니다.

"그럼 먼저 물속에서 한 번 시도해 보십시오."

그 말을 마치자마자, 아판티는 단숨에 그를 물속으로 밀어 넣었습니다.

물에 빠진 관리는 허우적거리며 몇 번이나 물속으로 가라앉았습니다. 그러자 아판티가 그의 머리카락을 움켜쥐고 끌어올려

배 위로 건져 올렸습니다.

관리의 몸은 물에 흠뻑 젖었고, 그는 이를 악물고 떨고 있었습니다. 하지만 이제는 배 위에 있는 것이 더 이상 두렵지 않았습니다.

아판티가 그를 바라보며 친절하게 물었습니다.

"자, 이제 기분이 어떻습니까? 아직도 두려운가요?"

관리는 서둘러 대답했습니다.

"아니요! 이제야 배 위가 얼마나 편안한지 알겠습니다!"

아판티는 빙그레 웃으며 중얼거렸습니다.

"걸어서 여행해 본 적이 없는 사람은 말 타는 것이 얼마나 편한지 모르는 법입니다. 물속에 한 번도 빠져 본 적이 없는 사람은 배가 얼마나 안전한지 느낄 수 없고, 마찬가지로 평생 배부르게 먹고 산 사람이 가난한 자들의 굶주림을 어찌 이해할 수 있겠습니까?"

Ankaŭ Vi Estas Lupo

Iu nobelo savis ŝafon el la buŝo de lupo. La ŝafo sekvis lin obeeme al lia hejmo. Tuj post kiam li revenis hejmen, li preparis buĉi ĝin. La ŝafo blekadis pro la perforto, kio surprizis Afanti, kiu estis najbaro.

Afanti iris rigardi, je kio la nobelo klarigis: "Tiun ĉi ŝafon mi savis de lupo."

"Kial ĝi do anstataŭ danki riproĉas vin?" demandis Afanti.

"Kion signifas ĝia blekado?"

"Ĝi riproĉas, ke ankaŭ vi estas lupo."

당신도 늑대입니다

　어느 날, 한 귀족이 늑대의 입에서 양 한 마리를 구해냈습니다. 풀려난 양은 순순히 귀족을 따라 그의 집까지 갔습니다.

　그런데 집에 도착하자마자 귀족은 양을 도살할 준비를 하기 시작했습니다. 날카로운 칼이 번뜩이자, 양은 겁에 질려 처절하게 울부짖었습니다.

　이웃에 살던 아판티는 그 소리에 놀라 무슨 일인지 보러 갔습니다. 귀족은 태연하게 말했습니다.

　"나는 이 양을 늑대에게서 구해 준 것입니다."

　그러자 아판티가 고개를 갸웃하며 물었습니다.

　"그렇다면 이 양은 당신에게 감사 인사를 해야 하는 것 아닌가요?"

　"그런데 왜 고마워하기는커녕 저렇게 울부짖고 있는 것입니까?"

　귀족이 대답하지 못하자, 아판티는 쓴웃음을 지으며 말했습니다.

　"그건 바로 이 양이 당신을 또 다른 늑대라고 여기고 있기 때문입니다."

Frenezulo

Afanti venis al iu urbo kaj longe restis tie. Post kiam li finaranĝis sian aferon, li ekreiris al sia hejmloko. Survoje li misiris en arbaron kaj renkontis ĉasantan nobelon. Tiu retenis lin per krio kaj demandis: "De kie vi venas?"

"De tiu urbo," respondis Afanti, fingromontrante al la urbo de la nobelo.

"Kia ĝi estas?" plu demandis la altrangulo.

"Bona."

"Kiel kondutas la riĉuloj tie?"

"Ĉiuj estas avaraj kaj kruelaj."

"Kaj la mandareno?"

"Li estas eĉ pli tirana ol la riĉuloj."

"Ĉu vi konas min?"

"Ne."

"Mi ja estas tiea mandareno."

Aŭdinte tion, Afanti demandis: "Via mandarena moŝto, ĉu vi konas min?"

"Ne," respondis tiu.

"Mi ja estas tiea frenezulo, sed mia frenezo ne ĉiam atakas min. Mi benas vin nobelojn en miaj sanaj tagoj kaj babilaĉas dum la malsano regas min. Hodiaŭ mi estas ĝuste en malsana stato, tamen al vi mi diris la veron, kio mirigis eĉ min mem," klarigis Afanti.

미친 사람

아판티는 어느 도시에 머물다가 일을 마치고 고향으로 돌아가던 중이었습니다. 길을 잘못 들어 숲속으로 가다가 사냥을 즐기고 있는 한 귀족과 마주쳤습니다.

귀족은 그를 가로막으며 물었습니다.

"어디에서 오는 길이냐?"

아판티는 귀족이 사는 도시를 가리키며 대답했습니다.

"저 도시에서 왔습니다."

귀족은 다시 물었습니다.

"그곳은 어떤가?"

"좋은 곳이긴 합니다."

"부자들은 어떻게 지내고 있느냐?"

"대부분 인색하고 잔인합니다."

"그럼 관리는 어떤가?"

"부자들보다 더한 폭군입니다."

귀족은 얼굴을 굳히며 물었습니다.

"너, 나를 아느냐?"

"아니요."

그러자 귀족이 으스대며 말했습니다.

"내가 바로 그 도시의 관리니라!"

이를 듣고 아판티는 태연하게 되물었습니다.

"그럼 관리님은 저를 아십니까?"

"아니, 모르겠는데?"

아판티는 빙그레 웃으며 말했습니다.

"저는 그 도시에서 미친 사람으로 불립니다. 하지만 내 광기가 늘 나를 지배하는 것은 아닙니다. 정신이 멀쩡한 날엔 귀족들을 칭송합니다. 하지만 병이 도지는 날엔 말이 많아집니다."

그는 잠시 뜸을 들인 뒤 덧붙였습니다.

"오늘따라 병이 심해져서인지, 뜻밖에도 진실을 말해버렸군요!"

Kial Vi Ankoraŭ Bezonas Surtutojn?

Kelkaj bienuloj interkonsiliĝis por trompe manĝi la ŝafon de Afanti. Ili venis al li kaj ĥore kriis: "Ho, ve! Morgaŭ venos la fino de la mondo. Estus domaĝe, se vane perdiĝus la ŝafo, por kies nutrado vi oferis multan laboron. Hodiaŭ ni venis helpi al vi ĝin formanĝi!" Dirinte tiujn vortojn, ili kune sin ĵetis sur la ŝafon kaj tuj ĝin buĉis.

"Bone!" diris Afanti. "Pro kio mi plu nutru la ŝafon, se venos la fino de la mondo? Bonvolu antaŭ ĉio demeti viajn surtutojn kaj vin malvarmetigi en la postkorto. Kaj lasu min kuiri la ŝafaĵon."

Afanti ekbruligis brullignon, pendigis kaldronon kaj komencis fari preparojn por la kuirado. La neinvititaj gastoj demetis siajn surtutojn kaj kun ĝojbruo sin direktis al la postkorto.

Post la foriro de la bienuloj, Afanti tuj kaŝis la ŝafaĵon kaj metis ĉiujn iliajn surtutojn sur la flamantan brullignon. Kiam la bienuloj revenis por manĝi la ŝafaĵon, ili trovis, ke iliaj surtutoj jam fariĝis cindro. Ili refoje ĥore kriis: "Afanti, kion vi faris per niaj surtutoj ?"

"Miaj karaj," kviete diris Afanti, "ĉu morgaŭ ne venos la fino de la mondo? Kial do vi ankoraŭ bezonas surtutojn?"

왜 아직도 외투가 필요한가요?

어느 날, 몇몇 욕심 많은 지주들이 모의하여 아판티의 양을 빼앗아 먹기로 했습니다. 그들은 아판티에게 다가와 입을 모아 말했습니다.

"아이고, 아판티! 정말 안타까운 일이오!"

"내일이면 세상이 멸망한다는데, 그동안 애써 키운 양을 그냥 두고 갈 셈이오?"

"이렇게 허망하게 사라질 바엔 차라리 우리와 함께 나누어 먹는 것이 낫지 않겠소!"

그 말이 끝나기가 무섭게, 지주들은 순식간에 양을 붙잡아 도살했습니다.

그러자 아판티가 고개를 끄덕이며 말했습니다.

"좋습니다! 그런데 내일이면 세상의 종말이 온다면서, 왜 아직도 외투를 걸치고 있는 것입니까? 차라리 벗어두고 뒷마당에서 편히 쉬십시오. 그동안 제가 맛있는 양고기를 준비하겠습니다!"

기쁨에 들뜬 지주들은 서둘러 외투를 벗고 뒷마당으로 향했습니다.

그들이 사라지자, 아판티는 재빨리 양고기를 감춰두고, 남겨진 외투들을 모아 불길 위에 던져버렸습니다.

잠시 후, 지주들은 군침을 삼키며 돌아왔지만, 눈앞에 놓인 것은 양고기가 아니라 타버린 외투의 재였습니다.

경악한 지주들이 소리쳤습니다.

"아판티! 이게 무슨 짓이오? 우리의 외투가 다 타버렸잖소!"

그러자 아판티는 태연하게 웃으며 말했습니다.

"친애하는 여러분, 내일 세상의 종말이 온다면서요? 그런데 아직도 외투가 왜 필요합니까?"

Saĝo

Oni fanfaronis al Afanti, dirante, ke iu juĝisto, kiu antaŭ nelonge venis en la loĝkvartalon, estas tre saĝa kaj inteligenta. "Tio eblas," ridetis Afanti, "ĉar lia kapo estas plena de saĝo pro ĝia malofta uzo."

지혜

어느 날, 사람들이 아판티에게 새로 부임한 판사에 대해 자랑하며 말했습니다.

"아판티, 우리 도시에 오신 판사님은 정말 현명하고 지적인 분입니다!"

그러자 아판티는 빙긋 웃으며 말했습니다.

"그럴 법도 하지요. 머리를 좀처럼 쓰지 않으니, 지혜가 가득 찰 수밖에 없습니다."

Ne Ŝercu per Via Propra Vivo!

Iu juĝisto rajdante sur ĉevalo, renkontis survoje Afanti revenantan de bazaro. Afanti riverencis al li kaj diris: "Bonan vojaĝon! Kien iras via Moŝto?"

"Mi vizitos la ĉielan paradizon," fanfaronis la juĝisto. "Ĉu vi volas iri tien, por ke ni kune ĝuu?"

"Ho, ne! Mi ne irus kune kun vi, eĉ se mi dezirus," respondis Afanti. "Pli bone ankaŭ vi ne iru, mi admonas."

"Kial? Pro kio?"

"Ĉu via Moŝto jam forgesis, ke vi iam diris al mi: 'La homon, kiu ĉiam faras malbonaĵojn, Alaho ne povos indulgi?' Kion vi faros, se vi renkontos Alahon? Ja pri vi mi maltrankviliĝas. Ne ŝercu per via propra vivo!"

자신의 삶을 가벼이 여기지 마십시오

어느 날, 말을 탄 판사가 시장에서 돌아오는 길에 아판티를 만났습니다.

아판티는 공손하게 절하며 물었습니다.

"좋은 여행 되십시오! 어디로 가시는 길입니까?"

그러자 판사는 거만한 표정으로 대답했습니다.

"나는 천국의 낙원을 방문할 예정입니다. 같이 가서 즐거운 시간을 보내지 않겠습니까?"

아판티는 고개를 저으며 말했습니다.

"아닙니다! 제가 가고 싶다 해도, 판사님과 함께하진 않을 것입니다. 오히려 판사님께서도 그 길을 다시 생각해 보시는 게 좋겠습니다."

판사는 의아한 듯 되물었습니다.

"왜 그러는 것입니까? 무슨 문제라도 있습니까?"

그러자 아판티는 가볍게 한숨을 쉬며 말했습니다.

"판사님, 예전에 저에게 '알라는 악을 행하는 자를 용서하지 않으신다' 고 말씀하신 적이 있지 않습니까? 그런데 막상 알라를 만나 뵙게 된다면, 판사님께서는 뭐라고 하시겠습니까? 저는 그게 걱정입니다. 부디 자신의 삶을 가벼이 여기지 마십시오!"

Balai la Korton

Kiam Afanti estis infano, li devis ĉiutage balai la korton por bienulo en la vilaĝo. Laŭ la regulo, la mastro devis pagi lian salajron ĉe la jarfino, sed li ruze intencis nuligi la pagon al Afanti. Nun jam venis la lasta tago de la jaro.

La bienulo frumatene alvokis Afanti kaj ordonis: "Afanti, hodiaŭ balau la korton, tiamaniere ke post la balao, sen surverŝo de akvo, la korto estos malseka. Se vi ne povos tion fari, vi ne ricevos vian salajron ĉi-jaran, kaj mi ne dungos vin por la venonta jaro." Tion dirinte kun rideto, la bienulo tuj foriris al bazaro aĉeti objektojn kaj manĝaĵojn por la Novjara Festo.

Afanti silente balais la korton. Poste li elprenis ĉiujn olekalabasojn el la konservejo de la bienulo, priverŝis la tutan korton per oleo kaj tiel foruzis la tutan stokon. Tion farinte, Afanti sidis ĉe la koridoro por atendi la revenon de la mastro kaj la ricevon de sia salajro.

Posttagmeze la bienulo balanciĝante revenis kaj rimarkis, ke la tuta korto estas priverŝita per oleo.

Lia vizaĝo tuj misformiĝis pro kolero. Li streĉis sian kolon kaj kriaĉis: "Redonu mian oleon... mian oleon!"

"Estu trankvila, via Moŝto!" diris Afanti sin levante. "Mi ne priverŝis la korton per akvo, sed la korto tamen estas malseka. Ĉion mi faris laŭ via ordono. Bonvolu pagi al mi la salajron. Venontan jaron mi tamen ne venos, eĉ se vi volos min dungi."

La bienulo povis fari nenion alian ol pagi la salajron al Afanti.

마당을 쓸기

아판티는 어린 시절, 매일 마을 지주의 집 마당을 청소해야 했습니다. 규칙에 따라 지주는 연말에 급여를 지급해야 했지만, 그는 교묘하게도 이를 피하려 했습니다.

그러던 어느 날, 한 해의 마지막 날이 되었습니다. 이른 아침, 지주는 아판티를 불러 말했습니다.

"아판티, 오늘도 마당을 깨끗이 쓸어라. 그리고 물을 한 방울도 쓰지 않고 마당을 젖게 만들어라. 만약 그렇게 하지 못하면 올해 급여도 받지 못할 뿐만 아니라, 내년에는 너를 고용하지 않을 것이다."

지주는 음흉한 미소를 지으며 이렇게 말한 뒤, 새해맞이 준비를 위해 시장으로 떠났습니다.

아판티는 묵묵히 마당을 청소한 후, 지주의 기름 저장고에서 기름통을 가져와 마당 전체에 기름을 부었습니다. 그렇게 해서 마당은 흠뻑 젖었고, 저장고의 기름도 모두 사라졌습니다. 일을 마친 아판티는 복도에 앉아 지주가 돌아오기를 기다렸습니다.

오후가 되자 술에 취한 지주는 비틀거리며 집으로 돌아왔습니다. 그러나 마당을 본 순간, 그의 얼굴이 분노로 일그러졌습니다.

"내 기름! 내 기름을 돌려놔!"

지주가 소리를 지르며 난리를 치자, 아판티는 태연하게 말했습니다.

"진정하세요, 주인님. 저는 물 한 방울도 쓰지 않았지만,

마당은 젖어 있습니다. 주인님의 명령을 정확히 따랐으니, 이제 약속하신 급여를 지급해 주시죠. 그리고 내년에는 설령 저를 다시 고용하고 싶어도 저는 오지 않을 겁니다."

　　지주는 어찌할 도리가 없었고, 결국 아판티에게 급여를 지급할 수밖에 없었습니다.

Kiu Estas Pli Frandema?

Iu bienulo intencis moki Afanti. Li do aĉetis multe da akvomelonoj por regali Afanti kaj aliajn. La bienulo senĉese invitis ĉiujn al manĝado kaj samtempe ŝtele ŝovis antaŭ Afanti siajn postmanĝajn ŝelojn. Post la manĝo la bienulo ŝajnigis sin surprizita kaj kriis: "Amikoj, rigardu, kiel multe da melonaj ŝeloj kuŝas antaŭ Afanti! Li manĝis pli multe ol ni ĉiuj. Kia frandemulo li estas!" Ĉiuj ridis.

"Ha ha, ni rigardu, kiu fakte estas pli frandema!" diris Afanti kun rido. "Kiam mi manĝis melonon, mi ne manĝis la ŝelon, dum sinjoro bienulo eĉ la ŝelojn formanĝis. Rigardu, antaŭ li restas neniu ŝelo!"

누가 더 많이 탐식하는가?

어느 날, 한 지주는 아판티를 조롱하기 위해 수박을 잔뜩 사서 사람들을 초대했습니다. 지주는 모든 사람에게 계속 먹도록 권하면서 동시에 먹고남은 수박 껍질을 슬그머니 아판티 앞에 밀어 넣었습니다.

그러고는 일부러 놀란 척하며 외쳤습니다.

"친구들이여! 아판티 앞에 쌓인 수박 껍질을 보세요! 우리보다 훨씬 많이 먹었군요. 정말 대단한 미식가 아닙니까?"

그 말을 듣고 사람들은 모두 웃음을 터뜨렸습니다. 그러자 아판티도 미소를 지으며 말했습니다.

"하하! 누가 더 많이 먹었는지 한 번 볼까요?"

그는 지주를 가리키며 덧붙였습니다.

"저는 수박을 먹을 때 껍질을 남겼지만, 지주님은 껍질까지 다 드셨나 보군요. 보세요! 지주님 앞에는 껍질 하나 남아 있지 않잖아요!"

그러자 사람들은 폭소를 터뜨렸고, 지주는 더 이상 아무 말도 하지 못했습니다.

La Plej Altaj Maksimoj

Por vivteni sian familion, Afanti kunportis ŝnuron kaj iris al la bazaro por trovi dunganton. Li staris inter la serĉantoj de taglaboro kaj rigardadis tien kaj reen. Fine iu dikventra riĉulo venis kaj kriis: "Mi aĉetis keston da delikataj porcelanaĵoj. Tiu, kiu volas dorsporti ĝin al mia hejmo, sciiĝos rekompence pri la tri plej altaj maksimoj. Kiu volas?"

Neniu el la laborserĉantoj reagis. Sed Afanti pensis, ke monon oni ĉie ajn povas perlabori, sed la plej altaj maksimoj estas malfacile akireblaj.

Li do decidis porti la keston por la riĉulo, por ke tiu diru al li la tri sentencojn kaj tiel li povos plivastigi sian horizonton. Tial Afanti elpaŝis, metis la keston sur sian dorson kaj sekvis la riĉulon.

Survoje, Afanti petis, ke la riĉulo diru al li siajn plej altajn maksimojn. Responde la riĉulo diris: "Bone, aŭskultu! Se iu diros al vi, ke la malsato estas pli bona ol la sato, tion ne kredu!"

"Bone, bonege!" diris Afanti, "Do, kio estas la dua?"

"Se iu diros al vi, ke piediri estas pli bone ol rajdi, tion absolute ne kredu!"

"Prave, pravege!" reagis Afanti, "Kiaj maksimoj! ... vere malofte aŭdeblaj! ... kaj la tria?"

"Aŭskultu!" daŭrigis la riĉulo, "Se iu diros al vi, ke en la mondo troviĝas ankoraŭ iu pli malsaĝa ol vi, tion neniel kredu!"

Tion aŭdinte, Afanti subite liberigis la ŝnuron. "Krak... tin... tan," la kesto kun krakbruo falis sur la teron. Fingromontrante al la kesto, Afanti maksimis al la riĉulo: "Se iu diros al vi, ke la porcelanaĵoj en la kesto ne estas disrompitaj, tion neniam kredu!"

가장 비싼 격언

아판티는 가족을 부양하기 위해 밧줄을 챙겨 시장으로 나가 일자리를 찾고 있었습니다. 그는 일용직 노동자들 사이에 서서 주위를 둘러보았습니다.

그때 배가 나온 한 부자가 다가와 큰 소리로 외쳤습니다.

"내가 고급 도자기 한 상자를 샀소! 누가 이 상자를 내 집까지 운반해 주겠소? 대신 운반해 준 사람에게 가장 중요한 세 가지 격언을 알려 주겠소. 누가 하고 싶소?"

그러나 주위의 노동자들은 아무도 나서지 않았습니다. 하지만 아판티는 돈은 어디서든 벌 수 있지만, 값진 지혜는 쉽게 얻을 수 없는 법이라고 생각했습니다.

그래서 그는 부자의 상자를 등에 지고 함께 길을 떠났습니다.

길을 가면서 아판티는 부자에게 물었습니다.

"자, 이제 첫 번째 격언을 알려주시죠."

부자가 대답했습니다.

"누군가가 '배고픈 것이 배부른 것보다 낫다'고 말한다면, 절대 믿지 마시오!"

"좋아요, 좋아요." 아판티가 고개를 끄덕이며 말했다.

"그럼 두 번째 격언은 무엇인가요?"

"누군가가 '걷는 것이 자전거를 타는 것보다 낫다'고 말한다면, 믿지 마시오!"

아판티는 황당하다는 듯 웃으며 말했다.

"참, 별난 격언이네요. 이런 말은 들어본 적도 없어요. 그럼 세 번째 격언은 뭔가요?"

부자는 심각한 표정으로 말했다.

"누군가가 '세상에 너보다 더 어리석은 사람이 있다'고 말한다면, 절대 믿지 마시오!"

이 말을 들은 순간, 아판티는 갑자기 밧줄을 풀었습니다.

"딱딱... 깡통... 쨍그랑!"

상자는 바닥에 떨어지며 요란한 소리를 냈습니다.

아판티는 상자를 가리키며 부자에게 웃으며 말했습니다.

"누군가 '이 안의 도자기가 깨지지 않았다'고 말한다면, 절대 믿지 마세요!"

Kaldrono Naskis Idon

Afanti pruntis kaldronon de iu tre avara riĉulo. Oni forte miris, ke la riĉulo estis tiel malavara al Afanti, sed fakte la riĉulo traktis Afanti per sia kutima avareco. Afanti ĝin prunteprenis lue.

Pasis iom da tempo, kiam Afanti revenis kaj ĝoje diris al la riĉulo: "Mi havas ion bonan por informi al vi!"

"Ion bonan?" demandis la riĉulo mire.

"Via kaldrono naskis idon, ĉu tio ne estas io ĝojinda?" respondis Afanti.

"Sensencaĵo! Ĉu kaldrono povas naski idon?"

"Se vi ne kredas, rigardu. Kio estas tio?" Dirante, Afanti malfermis sakon kaj elprenis el ĝi kaldroneton. Malgraŭ ke Afanti aspektis seriozmiene, la riĉulo ankoraŭ ne kredis.

"Sed," pensis la riĉulo, 'ĉu mi mem ne estus stultulo, se mi ne profitus el tio, ke la stultulo faras malsaĝaĵon?' Tiel pensante, la avarulo afektis ĝojan mienon kaj diris: "Oho mia kaldrono vere naskis idon!"

"Ĉu vi ne opinias, ke tio estas bona informo?"

demandis Afanti.

"Kompreneble tio estas! Kompreneble!" konsentis la riĉulo.

Afanti atenteme transdonis la kaldroneton al la riĉulo kaj admiris: "Kiel bela ĝi estas!"

"Jes, jes! La ido tre similas al sia patrino," akordis la avarulo, sin amuzante per la kaldroneto.

Afanti adiaŭis la riĉulon, post kiam ĉi tiu akceptis la kaldroneton, sed la avarulo aldone avertis Afanti: "De nun bone prizorgu mian kaldronon, por ke ĝi nasku multajn tiajn idojn."

Respondinte "Bone!", Afanti hejmeniris.

Post nelonge Afanti refoje vizitis la avarulon kaj malĝoje diris: "Mi devas sciigi al vi malagrablaĵon!"

"Kian malagrablaĵon?" scivolis la avarulo.

"Via kaldrono mortis!" respondis Afanti.

"Sensencaĵo! Kiel povas morti kaldrono?" kriis la avarulo.

"Kial la kaldrono ne povas morti, se ĝi povas naski?" respondis Afanti.

Tion aŭdinte, la avarulo subite ekkomprenis, kial Afanti donacis al li la kaldroneton. Fakte, ne Afanti, sed li mem estis malsaĝulo.

La riĉulo ne volis, ke Afanti tiamaniere deprenu la kaldronon de li, kaj postulis: "Nu, mia kaldrono jam mortis, do bonvolu redoni al mi la kadavron!"

"Mi jam ĝin entombigis", respondis Afanti.

"Kie?"

"En la forno de forĝisto."

Tion aŭdinte, la riĉulo ne povis afekti plu kaj rekte diris: "Ĉesign vian trompadon! Ĉu vi intencas trompe rabi mian kaldronon?"

"Estas vi, kiu trompe rabis mian kaldroneton antaŭe! ..." refutis Afanti.

Ili ekkverelis. La avarulo timis, ke najbaroj ekscios kaj la afero eble malhonoros lin, tial li cedis al Afanti kaj petis, ke se Afanti ne mencios la kaldroneton, li volonte donacos al li la kaldronon. La avarulo pensis, ke li certe konsentos. Sed Afanti tute rifuzis. La disputado daŭris ĝis multaj homoj alvenis, kaj tiam li foriris digne, ĉar Afanti fakte faris tion ne por la kaldrono, sed por moki la avaran riĉulon.

가마솥에서 새끼가 태어났다

어느 날, 아판티는 한 부자로부터 가마솥을 빌렸습니다. 평소에 인색하기로 유명한 부자가 선뜻 가마솥을 빌려준 것은 뜻밖이었지만, 사실 그는 여전히 타산적으로 행동하고 있었습니다. 아판티는 가마솥을 임대료를 내고 빌려갔습니다.

얼마 후, 아판티가 다시 부자를 찾아와 기쁜 얼굴로 말했습니다.

"주인님, 좋은 소식이 있습니다!"

"좋은 소식이라니?" 부자가 의아해하며 물었습니다.

"당신의 가마솥이 새끼를 낳았어요! 기뻐할 일이 아닌가요?"

부자는 황당한 표정을 지으며 코웃음을 쳤습니다.

"말도 안 되는 소리! 가마솥이 어찌 새끼를 낳을 수 있단 말인가?"

그러자 아판티는 태연하게 가방을 열어 작은 주전자를 꺼내 보였습니다.

"믿기 어렵다면, 직접 보세요. 이것이 바로 가마솥이 낳은 아기입니다!"

부자는 처음엔 어이없다는 표정을 지었지만, 이내 탐욕스러운 생각이 떠올랐습니다.

'이 바보의 어리석음에서 이익을 보지 못한다면, 오히려 내가 바보가 되겠지?'

그는 기쁨을 감추지 못하며 말했습니다.

"오, 내 가마솥이 정말 새끼를 낳았군! 이거야말로 기쁜 소식이야!"

아판티는 웃으며 물었습니다.

"좋은 소식이지 않나요?"

"물론이지, 물론!" 부자는 주전자를 받아들며 감탄했습니다.

"정말이지, 이 작은 주전자가 엄마를 쏙 빼닮았구나!"

아판티는 부자에게 작별 인사를 하고 떠났습니다. 그러자 부자는 욕심을 내며 아판티에게 말했습니다.

"앞으로 내 가마솥을 잘 보살펴라. 그러면 또다시 새끼를 낳을지도 모르니 말이다!"

아판티는 태연하게 대답한 뒤 집으로 돌아갔습니다.

얼마 후, 아판티는 다시 부자를 찾아와 이번에는 슬픈 표정으로 말했습니다.

"주인님, 안타까운 소식이 있습니다."

"무슨 일이오?" 부자가 다그쳤습니다.

"가마솥이… 죽었습니다."

부자는 깜짝 놀라 소리쳤습니다.

"이게 무슨 소리냐! 가마솥이 어떻게 죽을 수 있단 말인가?"

그러자 아판티는 능청스럽게 대답했습니다.

"가마솥이 새끼를 낳을 수 있다면, 죽을 수도 있는 거 아닙니까?"

그제야 부자는 모든 상황을 깨닫고 얼굴이 새파래졌습니다. 자신이 욕심을 부리다 당한 것이었음을 알게 된 것입니다.

부자는 다급하게 말했습니다.

"좋다! 내 가마솥이 죽었다고 치자. 그렇다면 시체라도 돌려줘야 하지 않겠느냐?"

아판티는 고개를 저으며 태연히 대답했습니다.

"이미 묻었습니다."

"어디에?"

"대장장이의 용광로 속에요."

이 말을 들은 부자는 더 이상 참을 수 없었습니다.

"이건 사기야! 내 가마솥을 훔치려는 수작이지 않느냐?"

그러자 아판티도 단호하게 맞섰습니다.

"가마솥이 새끼를 낳았다고 주전자를 빼앗은 것은 바로 당신 아닙니까?"

두 사람은 격렬한 논쟁을 벌였고, 결국 이웃들까지 몰려들어 상황을 지켜보았습니다. 부자는 창피를 당할까 두려워 결국 아판티에게 항복하며 말했습니다.

"좋다. 주전자 이야기를 입 밖에 내지 않는다면, 그냥 가져가도 좋다."

그러나 아판티는 단호하게 거절했습니다. 사람들이 많이 올 때까지 논쟁은 계속 되었습니다. 그는 애초부터 가마솥이 탐나서가 아니라, 부자의 탐욕과 인색함을 조롱하기 위해 했기에, 그때서야 의연하게 자리를 떠났습니다.

Mi Malkonstruas Nur Mian Etaĝon

Afanti prunteprenis cent arĝentajn monerojn de iu riĉulo por konstrui al si domon kun du etaĝoj. La tuta familio partoprenis en la konstruado. La domo fine estis konstruita, sed Afanti kaj liaj familianoj ankoraŭ ne enloĝiĝis. La riĉulo vidis, ke la nova domo estas tre bela, kaj planis preni la supran etaĝon kiel repagon de Afanti. Se ĉi tiu ne konsentos, li devigos lin tuj redoni la monsumon.

"Bonege, bonege!" Aŭdinte la vortojn de la riĉulo, Afanti montris neniom da malkonsento kaj daŭrigis: "Mi ĝuste estas ĉagrenita de la ŝuldo. Jen estas bona rimedo repagi. Ni do agu laŭ via opinio!"

La tuta familio de la riĉulo fieraĉe transloĝiĝis en la supran etaĝon de la nova domo. Post kelkaj tagoj Afanti invitis dekon da najbaroj, kiuj komencis detrui muron de la domo per hojoj. Aŭdinte la bruegon, la riĉulo tuj elŝovis sian kapon el la fenestro por esploti kaj surpriziĝis: "Ĉu vi freneziĝis, Afanti? Pro kio vi malkonstruas la novan domon?"

"Restu trankvile en via hejmo! Tio vin ne

koncernas," respondis Afanti kaj daŭrigis detrui la muron.

"Kio? Tio centprocente koncernas min!" La riĉulo tiel maltrankviliĝis, ke li malpacience piedfrapadis la plankon kaj kriegis: "Mi ja loĝas en la supra etaĝo. Kion fari, se la domo falos?"

"Ĉu gravas?" demandis Afanti. "Mi malkonstruas nur mian etaĝon, ne la vian. Vi bone zorgu vian etaĝon, por ke ĝi ne falu kaj premvundu nin!" Post tiuj vortoj Afanti kaj la najbaroj daŭrigis sian malkonstruadon.

La riĉulo povis fari nenion alian ol sin fleksi antaŭ Afanti: "Mia bona Afanti, mi petas, ke vi vendu al mi vian etaĝon pro nia amikeco, ĉu bone?"

"Ĉu vi volas aĉeti? Do konsentite, vi pagu al mi ducent arĝentajn monerojn," respondis Afanti. Kaj tiel la riĉulo devigite konsentis aĉeti la domon.

나는 단지 내 집을 부수고 있습니다

아판티는 부자로부터 은화 100개를 빌려 2층짜리 집을 지었습니다. 온 가족이 힘을 합쳐 마침내 아름다운 새 집을 완성했지만, 아직 이사하기 전이었습니다.

그 모습을 본 부자는 욕심을 부리기 시작했습니다. 새 집이 너무 훌륭해 보였던 것입니다. 그는 빌려준 돈을 빌미로 꼭대기 층을 차지하려는 계획을 세웠습니다. 만약 아판티가 이를 거부하면, 곧바로 돈을 갚으라고 압박할 생각이었습니다.

어느 날, 부자가 아판티를 찾아와 말했습니다.

"자네가 나에게 진 빚을 생각해 보면, 집의 꼭대기 층은 내가 가져야 하지 않겠나?"

그러자 아판티는 태연하게 웃으며 대답했습니다.

"훌륭한 생각이십니다! 사실 저도 빚 문제로 고민이 많았는데, 이런 방법이라면 문제가 해결되겠군요."

그렇게 해서 부자의 가족은 기쁜 마음으로 새 집의 꼭대기 층으로 이사했습니다.

그러나 며칠 후, 아판티는 이웃 12명을 집으로 초대했습니다. 그리고 모두가 함께 괭이를 들고 집 벽을 허물기 시작했습니다.

소란스러운 소리에 놀란 부자는 황급히 창밖으로 머리를 내밀고 외쳤습니다.

"아판티! 자네 제정신인가? 왜 새로 지은 집을 부수고 있는 거야?"

그러자 아판티는 태연하게 대답했습니다.

"편히 계세요. 이건 당신이 상관할 일이 아닙니다."

"뭐라고? 그게 어찌 나와 상관이 없단 말인가?" 부자는
불안에 떨며 발을 동동 굴렀습니다.

"나는 꼭대기 층에서 살고 있어! 만약 집이 무너지면 어쩌
려고 그래?"

아판티는 빙긋 웃으며 말했습니다.

"무슨 걱정을 그렇게 하세요? 저는 단지 제 층만 부수는
중입니다. 당신 층은 건드리지 않아요. 그게 무너져 우리가 다치
지 않게 당신 층이나 잘 관리해 주세요!"

이 말을 듣자 부자는 그제야 자신의 어리석음을 깨달았습니
다. 결국 그는 더 이상 버티지 못하고 아판티 앞에 무릎을 꿇으
며 애원했습니다.

"아판티, 제발 이 집을 내게 팔아주게. 우정도 생각해서 말
이야!"

"집을 사고 싶으시다면, 은화 200개를 내셔야 합니다."

부자는 마지못해 고개를 끄덕였고, 결국 어쩔 수 없이 집을
사는데 동의했습니다.

Kalkulado de la Konto de Kokino

Iam estis portisto, kiu en gastejo manĝis unu kokinon. Manĝinte, li demandis la mastron, kiom li devas pagi. La mastro respondis: "Se hazarde vi ne havas sufiĉan monon, mi povas enskribi la sumon je via kredito. Vi povus pagi iam ajn, kiam vi havos monon." Tiu diro tre ĝojigis la portiston. Estis la unua fojo, ke li renkontis tiel bonkoran mastron. Li adiaŭis lin kaj daŭrigis sian vojaĝon.

Post kelka tempo la portisto venis por kvitiĝi kun la mastro. La mastro ŝovis kuprajn monerojn tien kaj reen sur la tablo, kvazaŭ estus tro malfacila kalkulado. La portisto malpacience demandis: "Kiom kostas via kokino? Ĉu tio indas vian ripetan kalkuladon?" La mastro ne respondis, sed nur mansignis al la portisto, ke li lin ne ĝenu. La portisto povis fari nenion krom atendi.

Finfine la mastro elkalkulis la sumon kaj la portisto konsterniĝis pro la tro alta prezo de la kokino, kiu estis kelkcentoble pli alta ol ĝenerale. Li demandis: "Ĉu via kokino valoras tiom da mono?"

"Pro kio ne? Mem kalkulu kiom da ovoj demetus la kokino, se ĝi ne estus manĝita de vi!... kaj kiom da kokidoj ili povus fariĝi! ... kaj kiam ili maturiĝus, kiom da ovoj ankaŭ ili demetus!" diris la mastro per unu spiro. Rekalkulante per la kupraj moneroj, la mastro daŭrigis: "Rigardu, mi ne miskalkulis eĉ moneron."

La portisto ne povis plu sin deteni kaj indigne diris: "Tio ne estas negoco sed simpla trompo! Mi ne pagos!"

Vidinte, ke la portisto ne volas pagi al li la ŝuldon, la mastro vole-nevole diris: "Bone, ni iru al la moskeo, por ke oni juĝu."

La portisto kun granda aplombo respondis: "Kun justeco oni povas iri ĉien, sed kun maljusteco nenien. Se ne paroli pri la moskeo, almenaŭ Alaho devas respekti la justecon." Disputante inter si, ili venis al la moskeo.

La imamo estis ne nur prizorganto de la religiaj aferoj, sed ankaŭ la plej aŭtoritata juĝisto. Por la religiuloj ĉiu vorto lia estis leĝo observenda. Kiam la mastro kaj portisto eniris, li manĝis haŝiŝon sidante sur tapiŝo. Li ĵetis straban rigardon al la enirantoj kaj malrapide demandis kun basa kaj raŭka voĉo: "Ĉu vi havas aferon?"

La mastro la unua rakontis detale la okazaĵon. Tion aŭdinte, la imamo opiniis, ke li pravas. Tial, antaŭ ol aŭskulti la pledon de la portisto, li jam juĝis, ke la portisto pagu la ŝuldon laŭ la postulo de la mastro. La portisto sciis, ke nenio al li helpos plu. Li povis nur petegi, ke la imamo permesu al li pagi la ŝuldon post kelkaj tagoj. Tion konsentis la imamo.

La portisto sentis, ke li estas maljuste traktita, kaj malvigle reiris hejmen. De malproksime aŭdiĝis kanto. Iu rajdanto sur azeno renkonte iris al li kantante. La rajdanto respekte salutis lin kun la dekstra mano ĉe la brusto: "Saluton, frato!" Pro la malbona humoro la portisto ne volis saluti la senĝenan rajdanton, sed nur respondinte tra la nazo, rapide preterpaŝis. Tio mirigis la rajdanton, kiu tuj sin turnis kaj postkuris lin.

"Pro kio vi tiel ĉagreniĝas? Ĉu mi povus helpi vin?"

La portisto haltis, kun miro rigardis la rajdanton kaj demandis: "Kiu vi estas?"

"Mi nomiĝas Nasrudin Afanti," respondis la rajdanto.

"Ho! Vi estas sinjoro Nasrudin!" kriis la portisto surprizite kaj ĝoje. Fakte delonge la nomo de Afanti estis konata por li, kaj li sciis, ke Afanti ĉiam helpas la maljuste traktitajn malriĉulojn. Nun li propraokule vidis, ke li efektive estas tiel sincera kaj helpema.

La portisto detale rakontis sian travivaĵon al li.

Pripensinte momenton, Afanti proponis: "Tuj reiru al la moskeo kaj plendu, ke la afero ne estis juste juĝita, kaj petu rejuĝon antaŭ la publiko. Mi vin helpos por gajni la proceson." La portisto agis laŭ lia propono. La imamo vole-nevole konsentis, ĉar tie estis tradicia regulo, ke peto de publika juĝo estas permesata, sed la petinto ricevas punon pli severan, se li perdas la proceson refoje.

Venis la tago por la publika juĝo. Asesoroj kaj popolanoj alvenis al la moskeo unuj post aliaj. La imamo deklaris la komencon de la proceso. La mastro refoje klarigis sian motivon. Venis la vico de la portisto, sed li silentis. "Kial vi ne pledas?" demandis la imamo.

"Mia advokato ankoraŭ ne venis," respondis la portisto.

"Kiu estas via advokato?"

"Sinjoro Nasrudin Afanti."

Tion aŭdinte, la imamo kaj asesoroj sulkigis la brovojn, dum la popolamaso subĝojis kaj murmuris: "Ni vidu, tuj estos interesa spektaklo..."

Pasis longa tempo, antaŭ ol Afanti fine alvenis. Salutinte la popolamason, li diris al la imamo kaj asesoroj: "Pardonon, ke mi malfruas pro grava afero."

"Ĉu troviĝas afero ankoraŭ pli grava ol nia

hodiaŭa proceso?" ironiis unu el la asesoroj.

"Kompreneble troviĝas! Pensu, morgaŭ mi semos tritikon, sed miaj semoj ankoraŭ ne estis rostitaj. Ĉu troviĝas afero ankoraŭ pli grava ol tio? Mi rostis tri mezurujojn da semoj kaj pro tio malfruis."

Aŭdinte liajn senraciajn vortojn, la imamo kaj asesorj tre amuziĝis kaj preskaŭ unuvoĉe kriis: "Frenezaĵo! Ĉu oni povas semi rostitan tritikon?" Ili laŭte kriadis, celante nuligi la advokatecon de Afanti, tiel ke ili povu fari verdikton laŭvole. Ton vidinte, la publiko maltrankviliĝis por Afanti, ĉar se li ne povos respondi la demandon de la imamo kaj asesoroj, lia advokateco certe estos nuligita.

Afanti tamen restis aplomba. Kiam kvietiĝis la bruo, li diris: "Vi pravas! Se oni devas ne semi rostitan tritikon, kiel do la kokino manĝita de la portisto povus demeti ovon?" La vortoj tuj sigelis la lipojn de la imamo kaj asesoroj. Nur nun ili komprenis, ke lia malfruiĝo kaj la senorda parolado estis intencaj.

La popolamaso ĝojkriis: "Jes, jes! Kiel kokino manĝita povus demeti ovon?" Sub la nerefutebla riproĉo de Afanti kaj la popolamaso, la imamo kaj asesoroj ne povis ne ŝanĝi la verdikton kaj finis la aferon per tio, ke ili ordonis la portiston pagi laŭ la normala prezo.

닭값 계산

옛날 어느 마을에 한 짐꾼이 있었습니다. 어느 날 그는 여관에서 닭 요리를 시켜 맛있게 식사를 마친 후, 주인에게 가격을 물었습니다.

그러자 주인은 미소를 지으며 말했습니다.

"만약 돈이 충분하지 않다면, 당신의 계좌에 금액을 입력해 드릴 테니 언제든지 갚으시면 됩니다."

짐꾼은 이렇게 친절한 주인을 처음 만나 무척 기뻤고, 감사인사를 남긴 뒤 여행을 계속했습니다.

시간이 흘러 짐꾼은 다시 그 여관을 찾았습니다. 그는 주인과 반갑게 인사를 나누며 빚을 갚으려 했습니다. 하지만 주인은 테이블 위에 구리 동전을 이리저리 섞으며 마치 계산이 아주 어려운 일인 것처럼 시간을 끌었습니다.

짐꾼은 답답한 마음에 말했습니다.

"닭 한 마리 값이 얼마나 되기에 그렇게 오래 계산하십니까?"

그러나 주인은 아무 말도 없이 손짓으로 그를 조용히 시켰고, 짐꾼은 어쩔 수 없이 기다릴 수밖에 없었습니다.

마침내 주인이 계산을 끝내고 금액을 말했을 때, 짐꾼은 깜짝 놀랐습니다. 그가 먹은 닭 한 마리 값이 평소보다 몇 백 배나 비쌌던 것입니다.

"대체 닭이 얼마나 비싸길래 이런 값이 나옵니까?"

그러자 주인은 태연하게 대답했습니다.

"왜 안 되겠소? 만약 당신이 그 닭을 먹지 않았다면, 그 닭이 얼마나 많은 알을 낳았을지 생각해 보시오! 그리고 그 알들이 자라서 얼마나 많은 닭이 되었겠소? 그 닭들이 또다시 알을 낳는다면, 그 가치가 얼마나 될 것 같소?"

짐꾼은 어이가 없었습니다.

"이건 장사가 아니라 사기 아닙니까? 저는 이런 돈을 지불할 수 없습니다!"

그러자 주인은 단호하게 말했습니다.

"좋습니다. 그럼 모스크로 가서 재판을 받아 봅시다."

짐꾼은 당당하게 대답했습니다.

"공정한 재판이라면 어디든 갈 수 있습니다. 불공정한 재판이라면 어디에도 갈 이유가 없습니다. 하지만 적어도 알라는 정의를 아실 것입니다."

그들은 서로 논쟁하며 모스크로 향했습니다.

당시 모스크의 이맘은 종교 문제뿐만 아니라 법적 판결을 내리는 가장 권위 있는 사람이었습니다. 주인과 짐꾼이 도착했을 때, 이맘은 카펫 위에 앉아 해시시를 즐기고 있었습니다. 그는 들어오는 두 사람을 곁눈질로 보더니, 낮고 쉰 목소리로 천천히 물었습니다.

"말할 것이 있소?"

먼저 주인이 사건을 설명했고, 이맘은 그 말만 듣고 짐꾼의 변론조차 듣지 않은 채 주인의 손을 들어주었습니다.

"짐꾼은 빚을 갚아야 한다."

짐꾼은 억울했지만, 더 이상 할 수 있는 일이 없었습니다. 결국 그는 며칠 안에 돈을 갚을 시간을 달라고 요청했고, 이맘은 이를 허락했습니다.

짐꾼은 불공정한 재판에 분노하며 천천히 집으로 걸어가고 있었습니다. 그때 어디선가 노랫소리가 들려왔습니다. 멀리서 당나귀를 탄 기수가 노래를 부르며 다가오고 있었습니다.

기수는 오른손을 가슴에 얹으며 정중하게 인사했습니다.

"안녕하세요, 형제님!"

하지만 짐꾼은 기분이 나빴기 때문에 무뚝뚝하게 코로만 대답하고 지나가려 했습니다. 그러자 기수는 깜짝 놀라 그를 따라오며 물었습니다.

"왜 그렇게 화가 나셨습니까? 제가 도와드릴 일이 있나요?"

짐꾼은 멈춰 서서 기수를 바라보며 물었습니다.

"당신은 누구십니까?"

기수는 미소를 지으며 대답했습니다.

"제 이름은 나스루딘 아판티입니다."

짐꾼은 그 말을 듣고 깜짝 놀라며 외쳤습니다.

"오! 당신이 바로 나스루딘 아판티 씨군요!"

사실 짐꾼은 오래전부터 아판티의 명성을 들어 알고 있었습니다. 아판티는 언제나 억울한 사람들을 도와주는 지혜로운 인물이었기 때문입니다. 이제 그를 직접 만나게 된 짐꾼은 더욱 기뻤습니다.

짐꾼은 아판티에게 자신의 억울한 사연을 털어놓았고, 아판티는 잠시 생각한 후 말했습니다.

"즉시 모스크로 돌아가서 재판이 공정하지 않았다고 항의하고, 대중 앞에서 재심을 요청하세요. 제가 도와드리겠습니다."

짐꾼은 그의 조언을 따라 행동했습니다. 이맘은 마지못해 재판을 다시 열기로 했습니다.

공개 재판의 날이 되자, 모스크에는 많은 사람들이 모여들었습니다. 이맘은 재판을 선언했고, 주인은 다시 한 번 자신의 주장을 펼쳤습니다.

그런데 짐꾼의 차례가 되었을 때, 그는 아무 말도 하지 않았습니다.

"왜 변론을 하지 않소?" 이맘이 물었습니다.

"제 변호사가 아직 도착하지 않았습니다."

"당신의 변호사가 누구요?"

"나스루딘 아판티 씨입니다."

이맘과 배심판사들은 불쾌한 표정을 지었고, 군중들은 환호하며 중얼거렸습니다.

"이거 흥미롭겠군!"

그러나 아판티는 한참이 지나도 나타나지 않았습니다. 모두가 초조해할 때, 마침내 아판티가 모스크에 도착했습니다.

그는 군중에게 인사한 뒤, 이맘과 배심판사들을 향해 말했습니다.

"중요한 일이 있어 늦었습니다. 죄송합니다."

그러자 한 배심판사가 농담조로 말했습니다.

"오늘 재판보다 더 중요한 일이 무엇이었소?"

아판티는 태연하게 대답했습니다.

"내일 밀을 심어야 하는데, 아직 씨앗을 볶지 않았습니다. 그래서 씨앗을 세 컵 분량으로 볶느라 늦었습니다."

그 말에 이맘과 배심판사들은 비웃으며 외쳤습니다.

"미친놈! 볶은 씨앗을 심을 수 있단 말이오?"

그러자 아판티는 천천히 미소를 지으며 말했습니다.

"당연히 심을 수 없지요! 하지만 먹힌 닭이 어떻게 알을 낳을 수 있겠습니까?"

그 순간, 이맘과 배심판사들은 말문이 막혔습니다.

군중들은 환호하며 외쳤습니다.

"그렇지! 먹힌 닭이 알을 낳을 리 없지!"

이맘과 배심판사들은 더 이상 반박할 수 없었습니다. 결국 판결을 바꿀 수밖에 없었고, 짐꾼은 정상적인 닭고기 값을 지불하는 것으로 사건이 마무리되었습니다.

Por ke Ĝi Ne Estu Soifa

Iun tagon Afanti ĉeestis geedziĝan festenon. Li rimarkis, ke iu gasto kaj manĝegas kaj avide enposigas bongustajn manĝaĵojn. Li do prenis tekruĉon kaj ŝtele verŝis teon en lian poŝon.

La gasto surpriziĝis: "Ah! Kial vi verŝas teon en mian poŝon?"

"Ej! Via poŝo jam manĝis tiel multe da bongustaĵoj, kaj mi faras tion, por ke ĝi ne estu soifa!" klarigis Afanti.

목마르지 않게 하기 위해서

어느 날, 아판티는 결혼 잔치에 참석했습니다. 그는 한 손님이 탐욕스럽게 음식을 잔뜩 먹고, 맛있는 것을 자기 주머니에 챙기는 모습을 보았습니다.

그러자 아판티는 찻주전자를 들고 가더니 조용히 그 손님의 주머니에 차를 붓기 시작했습니다.

깜짝 놀란 손님이 외쳤습니다.

"이봐요! 왜 내 주머니에 차를 붓는 거죠?"

아판티는 빙그레 웃으며 말했습니다.

"당신의 주머니가 이미 맛있는 음식들을 잔뜩 먹었으니, 목이 마를까 봐 그러는 거예요!"

Manĝigi Veston

Foje Afanti, portante eluzitan veston, iris por festeni ĉe amiko. Ĉi tiu timis, ke li estos mokita kaj malhonorita pro sia kontaktado kun malriĉulo kaj do foririgis Afanti.

Reveninte hejmen, Afanti surmetis novan veston kaj tuj reiris al la domo de la amiko. Lia amiko vidis, ke ĉi-foje Afanti sin vestis bele, kaj tuj respekte invitis lin sidi sur la honora loko kaj afable montris al li diversajn manĝaĵojn, dirante: "Bonvolu gustumi laŭ via plaĉo, mia amiko!"

Afanti rapide direktis sian manikon al la manĝaĵoj dirante: "Bonvolu gustumi, mia nova vesto!"

Tion vidinte, la mastro surpriziĝis kaj demandis: "Kion vi faras, mia amiko?"

"Mia amiko," respondis Afanti, "ĉu vi ne vidas, ke mi regalas mian veston, kiun vi plej respektas?"

옷에게 먹이기

어느 날, 아판티는 낡은 옷을 입고 친구가 여는 파티에 갔습니다. 그러나 친구는 가난한 사람과 어울린다며 조롱당할까 두려워 그를 돌려보냈습니다.

아판티는 집으로 돌아가 새 옷으로 갈아입고 다시 친구의 집을 찾았습니다. 이번에는 단정한 차림을 한 아판티를 본 친구가 반갑게 맞이하며, 그를 귀한 자리에 앉혔습니다. 그리고 온갖 음식을 내놓으며 환하게 웃으며 말했습니다.

"어서 와, 친구! 마음껏 드시게."

그러자 아판티는 소매를 걷어 음식 위에 대고 나지막이 말했습니다.

"나의 새 옷이여, 맛있게 드시게."

이 모습을 본 친구가 깜짝 놀라 물었습니다.

"아니, 친구! 지금 뭐 하는 거야?"

아판티는 빙그레 웃으며 대답했습니다.

"내가 대접받는 게 아니라, 이 옷이 대접받고 있는 것 같아서 말이야!"

En Razejo

Pro la varmega vetero Afanti volis razigi sian kapon kaj iris al razejo. Verŝajne la razisto ne estis tre sperta en sia laboro, ĉar li plurloke vundis al li la kapon kaj metis vaton sur la vundetojn. Poste Afanti stariĝis kaj rigardis sin en la spegulo: "Ho! Vi estas vere lerta majstro en via laboro! Rigardu, sur duono de mia kapo vi plantis kotonon. Nu, bone, sur la alia duono mi mem plantos olelinon."

이발소에서

　무더운 날, 아판티는 머리를 깎기 위해 이발소를 찾았습니다. 그러나 이발사는 경험이 부족한 듯 서툴렀고, 아판티의 머리를 여기저기 다치게 했습니다. 그는 상처 위에 탈지면을 덮어주었고, 아판티는 거울을 보며 한숨을 내쉬었습니다.

　그러더니 이발사를 향해 웃으며 말했습니다.

　"오! 당신은 정말 솜씨 좋은 전문가군요! 보세요, 제 머리의 반쪽에 면화를 심어 놓으셨잖아요. 아주 훌륭합니다! 그럼 저는 반대쪽에 직접 올리브나무를 심어야겠군요."

Honto

Foje ŝtelisto venis en la hejmon de Afanti. Afanti ekvidis lin kaj tuj sin kaŝis en keston. La ŝtelisto serĉis ĉie en la ĉambro, sed nenion ŝtelindan trovis. Fine li malfermis la keston kaj kun eksalto vidis Afanti: "Ha! Kion vi faras en la kesto?"

"Nu, ĉar en mia hejmo troviĝas nenio, kio plaĉas al vi, mi tre hontas kaj pro tio kaŝis min en la kesto," respondis Afanti.

부끄러움

어느 날, 아판티의 집에 도둑이 들었습니다. 아판티는 도둑을 보자마자 재빨리 상자 속에 몸을 숨겼습니다.

도둑은 집 안 구석구석을 뒤졌지만, 훔칠 만한 것이 아무것도 없었습니다. 결국 그는 마지막 희망을 걸고 상자를 열었고, 그 안에 웅크리고 있는 아판티를 발견하자 깜짝 놀라 물었습니다.

"아니, 거기서 뭐 하고 있는 거요?"

아판티는 어깨를 으쓱하며 말했습니다.

"내 집에는 당신이 가져갈 만한 게 하나도 없잖아요. 그게 너무 부끄러워서 나라도 숨으려고요."

Kia Sono Estas la Plej Bela?

Iun tagon Afanti gastis ĉe amiko, kiu tre ŝatis muzikon kaj tial ludis diversajn muzikilojn por Afanti.

Post tagmezo Afanti jam de longe sentis sin tre malsata, sed la amiko ankoraŭ senĉese plukis kordojn kaj ankaŭ demandis: "Nasrudin, kia sono estas la plej bela en la mondo? Ĉu tiu de dutaro aŭ ĵevapo[1]?"

Afanti respondis: "Mia kara amiko, nun la sono de kulerego skrapanta kaserolon estas pli bela ol iu ajn alia sono en la mondo."

---

1) dutaro, ĵevapo: ujguraj muzikiloj

가장 아름다운 소리는 무엇인가?

어느 날, 아판티는 음악을 무척 좋아하는 친구의 집에 머물게 되었습니다. 친구는 아판티를 위해 다양한 악기를 연주하며 즐거워했습니다.

하지만 정오가 지나면서 아판티는 점점 배가 고파졌습니다. 그러나 친구는 여전히 쉬지 않고 현을 뜯으며 물었습니다.

"나스루딘, 세상에서 가장 아름다운 소리는 무엇일까? 두타르에서 나는 소리일까, 아니면 제와포에서 나는 소리일까?"

그러자 아판티는 배를 움켜쥐고 대답했습니다.

"친애하는 친구여, 지금 내게 가장 아름다운 소리는 바로 숟가락으로 냄비를 긁는 소리일세!"

Veneno

En sia infaneco Afanti vizitis la hejmon de instruisto por lerni el la Korano. Iun tagon iu donacis al la instruisto bovlon da mielo. Afanti al ĝi direktis sian rigardon ŝtele el la okulanguloj. Tion vidinte, la instruisto tuj metis ĝin sur bretaron kaj admonis al Afanti: "En la bovlo estas veneno. Tuj mortas tiu, kiu ĝin manĝas. Nepre ne tuŝu ĝin."

Kiam la instruisto forestis, Afanti intence disrompis lian inkujon. Poste li formanĝis la mielon kiel ankaŭ pasteĉojn, frititajn pastostriojn kaj bulkojn donacitajn al la instruisto de aliaj lernantoj. Fine li eĉ forlekis la restaĵon en la mielbovlo kaj poste remetis la bovlon sur la bretaron. La instruisto revenis kaj rimarkis la bovlon malplena. Li kolere demandis: "Kiu ĝin formanĝis?"

Montrante la rompitan inkujon, Afanti diris: "Rigardu, kiel grandan akcidenton mi kaŭzis! Mi volis morti, antaŭ ol vi revenos hejmen, do mi fortrinkis la venenon. Sed mi vere ne komprenas, kial mi ankoraŭ ne mortis."

독

어린 시절, 아판티는 선생님의 집에 다니며 꾸란을 배웠습니다.

어느 날, 누군가 선생님에게 꿀 한 그릇을 선물했습니다. 아판티는 곁눈질로 그것을 탐스럽게 바라보았고, 이를 눈치챈 선생님은 곧바로 꿀을 선반 위에 올려놓으며 말했습니다.

"이 그릇에는 독이 들어 있다. 만지는 순간 목숨을 잃을 테니 절대 손대지 말거라."

그날 오후, 선생님이 잠시 자리를 비운 사이 아판티는 일부러 자신의 잉크병을 깨뜨렸습니다. 그리고 다른 학생들이 선생님께 드린 꿀과 파이, 튀긴 반죽 조각, 빵 등을 모조리 먹어치웠습니다. 마지막으로 꿀그릇에 남은 마지막 한 방울까지 핥아낸 후, 아무 일 없었다는 듯 다시 선반에 올려놓았습니다.

잠시 후 돌아온 선생님은 빈 꿀그릇을 보고 노발대발하며 소리쳤습니다.

"누가 먹었지?"

그러자 아판티는 깨진 잉크병을 가리키며 천연덕스럽게 말했습니다.

"보세요, 선생님! 제가 얼마나 큰 사고를 쳤는지요. 너무 절망스러워서 독이 든 꿀을 마셨습니다. 그런데 이상하네요… 왜 아직도 멀쩡한 걸까요?"

Turbano

Portante sur la kapo turbanon grandan kiel korbo, Afanti promenis sur strato, kie li renkontis iun, kiu petis: "Sinjoro instruito, bonvolu helpi al mi legi ĉi tiun leteron."

Afanti respondis: "Mi ne konas eĉ unu literon kaj tial ne povas legi la leteron."

La petinto ege miris kaj sekve plu demandis: "Sed ĉirkaŭ via kapo vi volvis tiel grandan turbanon! Ĉu tamen vi vere ne povas legi leteton?"

Afanti malvolvis la turbanon de sia kapo, volvis ĝin ĉirkaŭ la kapon de la homo kaj respondis: "Bone! Bone! Se vi kredas, ke sub granda turbano kuŝas erudicio, vi mem provu, ĉu vi nun povas legi la leteron."

터번 쓴 사람

아판티는 머리에 바구니만큼 큰 터번을 두르고 거리를 걷고 있었습니다. 그러다 한 사람이 다가와 부탁했습니다.

"선생님, 이 편지를 읽는 데 도움을 좀 주시겠습니까?"

그러자 아판티는 고개를 저으며 말했습니다.

"죄송하지만, 저는 글자를 전혀 몰라서 읽을 수 없습니다."

그 말을 들은 남자는 깜짝 놀라며 되물었습니다.

"아니, 그런데 그렇게 커다란 터번을 두르고 계시잖아요! 그런 학식 있는 모습으로 작은 편지 하나도 못 읽는다고요?"

그러자 아판티는 빙그레 웃으며 터번을 풀어 그 남자의 머리에 둘러 주었습니다.

"좋아요, 좋아! 만약 이 터번 속에 학식이 숨어 있다고 믿는다면, 이제 당신이 직접 편지를 읽어보시죠!"

Kie Estas la Kato?

Foje Afanti portis hejmen tri ĝinojn da viando kaj petis sian edzinon fari el ĝi bongustajn pasteĉetojn por la vespermanĝo.

La edzino tamen fritis la viandon kaj mem ĝin formanĝis. Por la vespermanĝo ŝi prezentis al Afanti nur farunaĵon.

"Kial ne pasteĉetojn?" mire demandis Afanti.

"Ĉar la viandon ŝtelmanĝis la kato, kiam mi knedis la paston."

Afanti tuj kaptis la katon kaj metis ĝin sur la pesilon. Li pesis ĝin. Ĝi pezis tri ĝinojn, ne pli nek malpli. Li turnis sin al la edzino: "Mia kara," li demandis, "se tiom pezas la kato, kie do estas la viando? Se tiom pezas la viando, kie do estas la kato?"

고양이는 어디에 있나요?

어느 날, 아판티는 무게가 3진이나 되는 고기를 사 와서 아내에게 저녁으로 맛있는 파이를 만들어 달라고 부탁했습니다.

그러나 아내는 고기를 몰래 튀겨서 혼자 먹어 버리고, 저녁 식사로 아판티에게 밀가루 반죽만 내놓았습니다.

아판티는 의아해하며 물었습니다.

"파이는 어디 있소?"

그러자 아내는 시치미를 떼며 대답했습니다.

"내가 반죽을 하는 사이 고양이가 고기를 훔쳐 갔어요."

아판티는 곧장 고양이를 붙잡아 저울 위에 올려놓고 무게를 쟀습니다. 그런데 놀랍게도 정확히 3진이었습니다.

그러자 그는 아내를 바라보며 웃으며 말했습니다.

"여보, 만약 이게 고양이라면, 고기는 어디 있소? 그리고 이게 고기라면, 고양이는 어디 있는 거요?"

Aĉeti Oleon

Ĉiuj diris, ke Afanti estas la plej granda saĝulo en la mondo, sed lia edzino obstine opinias, ke li estas la unua stultulo en la mondo. Iufoje la najbaroj kverelis kun ŝi: "Se vi opinias lin malsaĝa, bonvolu diri, kiajn stultaĵojn li faris."

Ŝi respondis: "Multajn stultaĵojn li jam faris, sed mi rakontos nur unu el ili. Vi tamen certe konvinkiĝos."

La najbaroj diris: "Bone, se vi diros prave, ni konfesos nian malvenkon."

"Ho! Vi certe malvenkos." Sekve ŝi rakontis okazaĵon de antaŭ kelkaj tagoj. "Nasrudin rondvizitis ekstere longan tempon, sed fine iun tagon li revenis hejmen. Tuj kiam li paŝis trans la sojlon, mi severe riproĉis lin: 'Longlanga pigo! Ĉu vi ankoraŭ rekonas vian neston?' Vi ĉiuj scias, ke Nasrudin antaŭ la bienulo estas tigro, sed antaŭ mi li estas obeema ŝafo. Kvankam mi jam riproĉis lin, li ankoraŭ obeeme riverencis profunde antaŭ mi kaj senĉese min benis. Poste li ridante diris: 'Mia kara alaŭdeto, ĉu mi ne jam revenis nun?' Aŭdinte tion, mia kolero tuj kvietiĝis, kaj mi kiel movlerta alaŭdo rapide alflugis al liaj etenditaj brakoj. Mi fermis la okulojn kaj pensis: 'Kiel feliĉa mi estas, ke Alaho donacis al mi tiel bonan edzon.' Sed post nelonge li denove kolerigis min pro tio, ke li subite memoris iun aferon komisiitan de alia kaj senĉese murmuris pri ĝi. Li eĉ ne aŭdis, ke mi parolas al li. Tio estis malbona aŭguro, ke li refoje forflugos de mi. Tial mi haste enmetis en lian manon olebovlon kun iom da moneroj kaj petis lin iri aĉeti iom da oleo.

Mi intencis rompi lian pensadon por restigi lin hejme. Sed survoje li ŝajne ankoraŭ pensadis pri la afero kaj eĉ kiam la olevendisto enverŝis oleon en la bovlon, li ankoraŭ okupis sian kapon per ĝi. La bovlo estis rapide superplenigita pro lia malatento, sed ankoraŭ restis iom da oleo enverŝota. La vendisto do demandis: 'Sinjoro Afanti, kien enverŝi la reston?' Nasrudin traserĉis sin, sed nenion trovis, kio povus enteni ĝin. Li tiam renversis la bovlon de oleo kaj, montrante la kavan malsupron, diris: 'Enverŝu ĉi tien!' La oleo en la bovlo tute elverŝiĝis teren. Ĉiuj ĉirkaŭe eksplodis per ridego, sed Nasrudin, ankoraŭ montrante al la kava malsupro, stulte ripetis: 'Enverŝu! Enverŝu!' La vendisto povis nur enverŝi la oleon en la kavan malsupron de la bovlo.

Kiam Nasrudin revenis hejmen, mi estis tre surprizita de tio kaj demandis: 'Kial vi aĉetis nur tiel malmulte da oleo per tiel multe da mono?' Nasrudin respondis: 'Ne, estas pli ĉi tie.' Tiam li ree renversis la bovlon, tiel ke ankaŭ la oleo en la kava malsupro elverŝiĝis teren ..."

La najbaroj ridegis, tiel ke iliaj ventroj preskaŭ krevis, kaj ili ĉiuj devis forviŝi la elverŝitajn larmojn de ridego. La edzino de Afanti, ekkaptante la ŝancon, demandis: "Ĉu en la mondo troviĝas ankoraŭ pli granda stultulo ol li?"

Post la ridego la najbaroj ankoraŭ ne volis akcepti ŝian opinion, sed trovis multajn vortojn por senkulpigi Afanti: "Li ne estas stultulo. Li tion faris pro tio, ke lin distras la komisio de alia homo. Se vi tion ne kredas, demandu sinjoron Nasrudin, pri kio li tiam pensis? Se li ne pensis pri io tia, ni estos konvinkitaj."

La edzino ne plu diskutis kun la najbaroj pri tio, ĉu Afanti estas saĝulo aŭ stultulo, ĉar ŝi sciis pli bone ol iu ajn. Kvankam ŝi ofte riproĉis sian edzon, nomante lin pigo nevolanta reveni nesten, tamen kiam oni laŭdis ŝian edzon, neniu estis pli ĝoja ol ŝi.

기름을 사기

모두가 아판티를 세상에서 가장 지혜로운 사람이라고 칭송했지만, 그의 아내만큼은 고집스럽게도 그를 세상에서 가장 어리석은 바보라고 생각했습니다.

어느 날, 이웃들이 그녀에게 말했습니다.

"그가 정말 멍청하다고 생각한다면, 그가 저지른 가장 어리석은 일을 하나만 말해 보세요"

그러자 그녀는 웃으며 대답했습니다.

"그가 바보 같은 짓을 한 게 한두 번이 아니지만, 딱 하나만 이야기해 볼게요. 그럼 여러분도 저와 같은 생각이 들 거예요"

이웃들은 호기심이 가득한 얼굴로 말했습니다.

"좋아요. 만약 당신 말이 맞다면, 우리가 패배를 인정하겠어요"

그녀는 자신 있게 고개를 끄덕이며 며칠 전의 일을 이야기하기 시작했습니다.

"며칠 전, 나스루딘은 오랫동안 집을 비우고 있다가 마침내 돌아왔어요. 문지방을 넘는 순간, 저는 그를 엄하게 꾸짖었죠. '혀가 긴 까치! 당신은 둥지를 아직도 알아보는군요?'

여러분도 아시겠지만, 나스루딘은 지주 앞에서는 호랑이처럼 당당하지만, 제 앞에서는 순한 양이잖아요. 제가 그렇게 꾸중했는데도 그는 고개를 숙이고 얌전히 제 앞에 절을 하며 연신

축복의 말을 건네더군요. 그러고는 환하게 웃으며 말했어요.

'사랑하는 종달새야, 내가 아직 돌아오지 않았나?'

그 말을 듣자마자 제 화는 눈 녹듯 사라졌고, 저는 민첩한 종달새처럼 그의 품에 날아들었어요. 속으로 생각했죠. '알라께서 내게 이렇게 좋은 남편을 주시다니, 얼마나 행복한가.'

그런데 그 행복도 잠시, 갑자기 나스루딘이 뭔가를 떠올린 듯 중얼거리기 시작했어요. 맡은 일이 있었는데 깜빡했다고요. 저는 그가 다시 집을 떠날 게 분명하다고 직감했죠. 그래서 얼른 기름 그릇과 동전 몇 개를 건네주며 기름을 좀 사 오라고 시켰어요.

나스루딘은 길을 걸으며 여전히 그 일에 마음을 빼앗긴 듯 했어요. 심지어 기름 장수가 그릇에 기름을 부어줄 때조차도요. 그는 정신을 놓고 있었던 건지, 그릇이 넘치도록 가득 찼는데도 멍하니 서 있었습니다. 그러자 기름 장수가 물었어요.

'아판티 씨, 나머지는 어디에 부어 드릴까요?'

그제야 정신을 차린 나스루딘은 허둥지둥 주변을 둘러보았지만, 더 담을 곳이 없었어요. 그러더니 엉뚱하게도 그릇을 뒤집어 놓고 바닥의 움푹 들어간 부분을 가리키며 말했죠.

'여기에 부어 주세요!'

결국 그릇 속의 기름은 모두 땅바닥으로 쏟아졌고, 주변 사람들은 배를 잡고 웃음을 터뜨렸어요. 하지만 나스루딘은 어리둥절한 얼굴로 여전히 움푹 들어간 바닥을 가리키며

'부으세요! 부어!'

라고 되풀이했어요.

집에 돌아온 나스루딘을 보고 저는 깜짝 놀라 물었어요.

'아니, 돈을 그렇게 많이 줬는데 왜 기름이 이리 적소?'

그러자 그는 태연하게 그릇을 다시 뒤집으며 말했어요.

'아니요, 여기에 더 있습니다.'

그리고는 움푹 들어간 바닥에 남아 있던 기름마저 몽땅 바닥에 쏟아버렸지 뭐예요!"

이웃들은 웃음을 참지 못하고 배를 잡고 쓰러질 듯 웃었습니다. 눈물까지 흘리며 웃는 틈을 타, 그녀는 다시 한 번 말했습니다.

"세상에 이보다 더 큰 바보가 또 있을까요?"

웃음이 가라앉은 뒤에도 이웃들은 그녀의 말을 온전히 받아들이고 싶지 않아, 저마다 아판티를 변호하기 시작했습니다.

"그는 바보가 아니에요. 다른 사람의 심부름을 떠올리느라 정신이 팔려 있었던 거죠. 만약 그게 아니라면, 우리가 당신 말에 설득당하겠습니다. 직접 나스루딘 씨에게 물어보세요."

그러나 그녀는 더 이상 남편이 현명한지 어리석은지를 두고 이웃들과 다투지 않았습니다.

왜냐하면 누구보다도 그녀 자신이 가장 잘 알고 있었기 때문이죠.

비록 그녀는 종종 남편을 '둥지로 돌아오지 않는 까치'라며 타박했지만, 그가 사람들로부터 칭찬을 받을 때는 누구보다 더 기뻐하는 사람이었으니까요.

Donaco Falinta de la Ĉielo

Afanti estis tre malriĉa kaj havis multajn infanojn. Ili ofte suferis pro malsato kaj devis sin vesti en ĉifonaĵoj. Iuvespere li elpensis ruzaĵon kaj tuj poste sin direktis al la muro de la najbara bienulo, kiu kutimis ripozi post ampleksa vespermanĝo. Afanti petkriis al la ĉielo: "Ho, mia Alaho! Donu al malriĉulo nur milon da arĝentaj moneroj el via neelĉerpebla trezoro! Tiel malmulte ne malpliigos vian riĉaĵon. Sed se vi avare donos al mi eĉ unu moneron malpli, mi tamen tion ne akceptos."

La bienulo, kiu ĉiam ekspluatis kaj subpremis la malriĉulojn laŭplane, aŭdis la vortojn kaj intencis amuzi sin per provo al Afanti. Li alportis el sia monkestego kaj trans la muron ĵetis al Afanti monsakon, en kiu li metis naŭcent naŭdek naŭ arĝentajn monerojn. Poste li grimpis sur la tegmenton por observi, kion faras Afanti.

Afanti, kiu trankvile sidis atendante kun sia dorso apogata al la muro, subite aŭdis, ke falis iu pezaĵo kun bruo de interfrapiĝantaj moneroj. Li tuj alkuris kaj trovis la monsakon. Kalkulinte, li rimarkis, ke ĝi entenas je unu monero malpli ol mil. Afanti ŝajnigante ĉie serĉis ĝin, sed vane. Poste li laŭte kriis: "Mia Alaho, vi volis doni al mi mil arĝentajn monerojn, sed pro via okupiteco al vi mankis la tempo por ilin ĉiujn kalkuli. Certe tial en la sako estas nur naŭcent naŭdek naŭ moneroj. Mi devas ne koleri kontraŭ vi kaj povas nur danke akcepti la tuton de via donaco." Tion dirinte, Afanti kun granda ĝojo kuris en sian dometon kaj enŝlosis la donacon falintan de la ĉielo en sia kesto.

Kiam la bienulo staranta sur la tegmento aŭdis la vortojn kaj vidis, ke Afanti forportas la sakon, li preskaŭ svenis pro kolero. Li tuj alkuris pugnofrapi la pordon de Afanti. Afanti, kiu pretigis sin por enlitiĝo, malfermis la pordon kaj, rekoninte la bienulon, diris: "Bonvenon! Bonvenon! Kvankam estas tre malfrue, tamen permesu al mi regali vin!"

La bienulo koleris: "Mi ne bezonas vian regalon, vi elprenu la monsakon!"

Ankaŭ Afanti ekflamiĝis: "Sinjoro bienulo, Alaho opiniis min kompatinda kaj donacis al mi la sakon da mono. Ĉu vi volas forrabi ion, kio ne apartenas al vi?"

Kun ploromieno la bienulo, retenante sian koleron, respondis: "Vi asertis, ke vi ne akceptos malpli ol plenan milon da moneroj. Mi intencis provi vian vorton. Tial mi ĵetis apud vin la sakon kun naŭcent naŭdek naŭ arĝentaj moneroj. Ĉio estis nur ŝerco, nun tuj redonu al mi la monon."

Ŝajnigante sin ŝokita, Afanti respondis: "Via Bienula Moŝto, bonvolu ne fari tian malseriozaĵon. La monon mi plore petis de la kompatema Alaho, kaj Alaho donis al mi kun granda kompato. Ĉu vi volas nun forpreni ĝin?"

"Malsaĝulo, Alaho neniel kompatas vin malriĉulon kaj neniam ĵetas de la ĉielo mil monerojn."

"Ĉe Alaho certe venos reago, se nur estas peto. Se vi ne kredas tion, bonvolu foriri." Pum! Afanti forte batfermis la pordon.

La bienulo estis sufokata pro kolero kaj, frapante sian kapon, malesperis: "Mi falis en fatalon."

La sekvan tagon la bienulo refoje iris al Afanti por tiri lin al loka juĝisto. Afanti protestis: "La oficejo de la juĝisto estas tiel malproksima, ke mi ne povas tien piediri." La bienulo kontraŭvole devis tiri el sia stalo grandan ĉevalon kun preta selo. Vidinte tion, Afanti denove protestis: "Mi estas vestita tiel ĉifone, ke mi ne povas rajdi sur tia altvalora ĉevalo, mi ne iras." Tion dirinte, Afanti ekreiris hejmen. La bienulo tuj haltigis lin kaj demetis sian brokajan palton por lin vesti.

Kiam ili atingis la juĝejon, la juĝisto vidis, ke Afanti sin vestis en tiel bela brokaja palto kaj rajdis sur tiel bela ĉevalo, kaj li prenis Afanti por nobelo. Tial li invitis Afanti okupi la honoran lokon kaj ignoris la bienulon.

La bienulo prezentis akuzoskribon al la juĝisto, petante repreni la sakon da moneroj. La juĝisto demandis al Afanti: "Sinjoro, kion vi opinias pri lia plendo?"

Afanti kun la manoj en la manikoj respondis: "Saĝa juĝisto, ĝi estas senkaŭza provoko. Mi preĝis al Alaho, kaj Alaho simpatie donacis al mi naŭcent naŭdek naŭ arĝentajn monerojn."

La juĝisto plu demandis: "Ĉu vi ne aŭdis la vortojn de la akuzanto?"

Afanti diris: "Sinjoro juĝisto, tiu ĉi mia najbaro estas fifama kanajlo. En la tuta mondo tia aĉulo estas malofte trovebla. Li kalumnias senkulpulon por profitaĉi el tio. Se vi ne kredas, bonvolu atenti, ke li ankoraŭ eĉ pretendos, ke la ĉevalo, sur kiu mi rajdis ĉi tien, kaj la palto, kiun mi portas, ambaŭ apartenas al li."

Tion aŭdinte, la bienulo tuj furioziĝis kaj protestis, ke efektive la ĉevalo kaj palto apartenas al li.

Afanti ankoraŭ kun la manoj en la manikoj komentis: "Ĉu tion vi aŭdis? Mi jam antaŭvidis, ke tion li nepre diros. Nun li verŝajne diros, ke ankaŭ via palto apartenas al li. Jen kia senhonta fripono!"

La juĝisto vere kredis Afanti kaj forpelis la bienulon. Kiam Afanti estis preta foriri, jam dirinte ĝentilajn vortojn, la juĝisto haltigis lin kaj, karesante sian barbon, diris: "Venu proksimen al mi." Post kiam Afanti alproksimiĝis al li, li murmuris al Afanti: "La mono, kiun vi gajnis, ankoraŭ estas iom problema."

"Kiel problema?" mire demandis Afanti.

"Estas strange, ke tiel peza monsako falis el la ĉielo. Alportu al mi la sakon kun la moneroj. Vin mi kredos, nur post kiam mi vidos la sakon," respondis la juĝisto.

"Konsentite, sinjoro," diris Afanti kaj reiris hejmen. Survoje li pensis: "Se mi alportos la sakon al la juĝisto, la monon li certe konfiskos." Tial li kolektis naŭcent naŭdek naŭ ŝafajn fekbuletojn de la tero kaj metis ilin en la sakon. Poste li alportis kaj prezentis ĝin al la juĝisto.

Per tremantaj manoj la juĝisto tuj volis malligi la ŝnuron. Afanti intermetis: "Ne hastu, sinjoro." Sed la juĝisto jam malligis la ŝnuron kaj malpacience elŝutis la ŝaffekaĵon sur tapiŝon. Sekve li indigne kris: "Ha fi, kio estas tio? Ĉu vi prenas min por stultulo?"

Afanti kapskuante diris: "Ho ve! Malbone, malbone! Bedaŭrinde, ke vi fuŝis la aferon. Mi ĵus vin atentigis, ke vi ne hastu, sed vi ne volis aŭskulti min."

"Kion vi celas?"

"Mi celas, ke antaŭ ol malligi la ŝnuron, oni unue devas preĝi al Alaho. Kiel oni povas subtaksi la donacon donitan de Alaho? Rigardu, ke la moneroj fariĝis fekaĵo. Ve! Tio estas vera fatalo."

Afanti faris longan ĝemon kaj eliris el la oficejo de la juĝisto. Sed la juĝisto gapis antaŭ la ŝaffekaĵo sur la tapiŝo.

하늘에서 내린 선물

아판티는 가난했고, 아이들도 많았습니다. 그들은 늘 배고픔에 시달렸고, 낡고 해진 옷을 입어야 했습니다.

어느 날 저녁, 아판티는 꾀를 내어 저녁 식사를 마치고 쉬고 있던 이웃 지주의 담벼락으로 갔습니다. 그리고 하늘을 향해 외쳤습니다.

"오, 위대한 알라시여! 당신의 끝없는 보물 중에서 저 가난한 자에게 은화 천 개만 내려주소서! 그 정도는 당신의 부를 줄어들게 하지 않을 것입니다. 하지만 한 닢이라도 부족하게 주신다면, 저는 그 돈을 받지 않겠습니다!"

그때 마침, 가난한 이들을 착취하며 살아가는 지주가 이 말을 듣고 아판티를 골려 주려고 했습니다. 그는 금고에서 돈가방을 꺼내 은화 999개를 담아 성벽 너머로 던졌습니다. 그리고 지붕 위로 올라가 아판티가 어떤 반응을 보이는지 지켜보았습니다.

담벼락에 기대어 앉아 있던 아판티는 동전들이 쨍그랑거리며 떨어지는 소리를 듣고 즉시 달려가 돈가방을 집었습니다. 그는 가방 속의 돈을 세어 보았습니다.

"어라? 은화가 한 닢 부족하네?"

아판티는 사방을 샅샅이 뒤졌지만, 잃어버린 동전을 찾을 수 없었습니다. 그러자 그는 고개를 끄덕이며 크게 외쳤습니다.

"아, 알라시여! 당신께서 나에게 은화 천 개를 주시려 했지만, 너무 바쁘셔서 하나를 빠뜨리신 모양입니다. 하지만 저는 감히 당신의 선물을 거부할 수 없습니다. 그저 감사한 마음으로 받겠습니다!"

그렇게 말한 아판티는 기쁜 얼굴로 가방을 들고 집으로 달려갔습니다.

지붕 위에서 이를 지켜보던 지주는 어이가 없어 분노로 몸을 떨었습니다.

"뭐야? 저 도둑놈이 내 돈을 가져갔다고?"

그는 곧장 아판티의 집으로 가 문을 두드렸습니다. 마침 잠자리에 들 준비를 하고 있던 아판티는 문을 열었습니다.

"오, 지주님! 이 늦은 밤에 어인 일이십니까? 어서 오세요! 차라도 한잔 대접해 드릴까요?"

지주는 씩씩대며 외쳤습니다.

"쓸데없는 소리 말고, 내 돈이나 돌려줘!"

그러자 아판티는 정색하며 말했습니다.

"지주님, 그 돈은 알라께서 저에게 주신 것입니다. 설마, 당신이 알라의 선물을 훔치려는 건 아니겠지요?"

지주는 더욱 화가 나며 소리쳤습니다.

"네가 천 개의 동전보다 적으면 받지 않겠다고 했잖아! 나는 네가 진짜 그런지 시험해 보려고 일부러 999개만 줬던 거야! 장난이었다고! 그러니까 당장 돈을 내놔!"

아판티는 놀란 듯한 표정을 지으며 말했습니다.

"지주님, 그런 농담을 하시면 안 됩니다. 저는 간절히 기도했고, 알라께서 제게 자비를 베푸셔서 그 돈을 주신 것입니다. 그 돈을 빼앗아 가시겠다고요? 어허, 감히 신의 뜻을 거스르시려는 겁니까?"

지주는 이를 갈며 소리쳤습니다.

"바보 같은 소리 하지 마! 알라께서 가난뱅이 너한테 동전을 하늘에서 떨어뜨려 주셨겠냐?"

"믿음이 부족하시군요, 지주님. 알라는 언제나 저를 보살펴 주십니다. 더 이상 논쟁할 필요 없습니다. 안녕히 가십시오."

그리고는 쾅 하고 문을 닫아버렸습니다.

지주는 문 앞에서 발을 동동 구르며 절망했습니다.

"이런 망할 놈! 내가 완전히 속았구나!"

다음 날, 지주는 결국 아판티를 법정에 세우기로 결심했습니다. 하지만 아판티는 태연하게 말했습니다.

"지주님, 법정까지 걸어가려면 너무 멀어요. 저는 갈 수 없습니다."

지주는 한숨을 쉬며 마구간에서 자신의 크고 튼튼한 말을 끌어냈습니다. 하지만 아판티는 다시 고개를 저었습니다.

"아이고, 저는 이렇게 누더기 차림이라 이 귀한 말을 탈 수가 없습니다. 그냥 안 가겠습니다."

결국 지주는 자신의 값비싼 외투를 벗어 아판티에게 입혔습니다.

법정에 도착했을 때, 판사는 멋진 외투를 걸치고 좋은 말을 타고 온 아판티를 보고 귀족이라 생각했습니다. 그는 아판티를 귀한 손님처럼 대우하며 윗자리에 앉혔습니다. 반면, 지주는 홀대당했습니다.

지주는 필사적으로 외쳤습니다.

"판사님! 저자가 제 돈을 훔쳐 갔습니다!"

판사는 아판티를 돌아보며 물었습니다.

"이 사람의 주장에 대해 어떻게 생각하십니까?"

아판티는 소매에 손을 넣은 채 태연히 말했습니다.

"존경하는 판사님, 그건 전혀 터무니없는 말입니다. 저는 알라께 간절히 기도드렸고, 자비로운 알라께서 은화 999개를 제게 주셨습니다."

판사는 그 말을 듣고 다시 물었습니다.

"그런데 왜 이 사람이 돈을 돌려달라고 하는 것이오?"

아판티는 짐짓 걱정스러운 얼굴로 말했습니다.

"판사님, 제 이웃은 매우 간교한 사람입니다. 이 사람이 지금 제 돈을 탐내는 것처럼, 곧 있으면 제가 타고 온 말과 입고 있는 외투도 자기 것이라 주장할 겁니다!"

그러자 지주는 흥분하여 소리쳤습니다.

"맞아요! 저 말과 저 외투도 내 것입니다!"

아판티는 한숨을 쉬며 고개를 저었습니다.

"보십시오. 제가 뭐라고 했습니까? 이 사람이 얼마나 뻔뻔한지 아시겠지요?"

판사는 지주의 말을 믿지 않고, 오히려 그를 법정에서 쫓아냈습니다.

그러나 판사는 한 가지 의문이 남았습니다.

"아판티, 그 가방을 직접 보면 믿을 수 있을 것 같소. 가방을 가져오시오."

아판티는 속으로 생각했습니다.

'가방을 가져가면 틀림없이 판사가 돈을 압수하겠지. 어떻게 하지?'

그는 슬며시 미소를 지으며 집으로 돌아가 가방에 양똥 999개를 담았습니다. 그리고 법정으로 가져와 판사 앞에 내밀었습니다.

판사는 떨리는 손으로 밧줄을 풀려고 했습니다. 그때 아판티가 끼어들어 말했습니다.

"서두르지 마세요, 판사님."

하지만 판사는 이미 밧줄을 풀고 조급하게 양똥을 카펫 위에 쏟았습니다. 순간, 판사는 얼굴이 굳어지며 소리쳤습니다.

"맙소사, 이게 뭐죠? 당신은 나를 바보로 생각하는 건가요?"

아판티는 고개를 저으며 부드럽게 말했습니다.

"아, 정말 아쉽네요! 정말 나쁘네요, 나빠. 이렇게 된 것은 전부 서두르신 탓입니다. 제가 경고했건만, 제 말을 들으시지 않았잖아요."

"무슨 뜻이에요?"

"제가 말하고자 하는 것은, 밧줄을 풀기 전에 먼저 알라께 기도해야 한다는 것입니다. 알라께서 주신 선물을 어떻게 가볍게 여길 수 있겠습니까? 보세요, 동전이 똥으로 변해버렸어요. 아, 이건 정말 재앙이에요."

아판티는 깊은 한숨을 내쉬며 판사실을 나섰습니다. 판사는 그저 카펫 위에 쏟아진 양 똥을 응시하며 아무 말 없이 멍하니 서 있었습니다.

Neniu Scias Nun

Kiam Afanti mem fariĝis loka juĝisto, multaj homoj konkuris amikiĝi kun Li. Iu laŭdis lin. "Nasrudin, vi estas tre admirinda, ke vi havas tiom da amikoj!"

Afanti respondis: "Kiom da amikoj mi havas, neniu scias nun. Nur post kiam mi eksiĝos de la juĝisteco, oni povos ekscii, kiuj vere estas miaj amikoj."

지금은 아무도 모른다

아판티가 지역 판사가 되자 많은 사람이 그의 친구가 되려고 경쟁했습니다.

어느 날, 누군가 그를 칭찬하며 말했습니다.

"나스루딘, 당신은 정말 많은 친구를 사귀었군요!"

그러자 아판티가 웃으며 대답했습니다.

"지금 제가 얼마나 많은 친구가 있는지는 아무도 모릅니다. 하지만 사법부에서 물러난 뒤에야 진짜 친구가 누구인지 알게 될 것입니다."

Preni Azenon kiel Modelon

En la ĉefurbo Afanti klaĉis al urbanoj, ke lia azeno estas pli saĝa ol la ĉefministro. Kiam la vortoj atingis la ĉefministron, li tuj sendis soldatojn kapti Afanti kaj tiri lin antaŭ la reĝon, al kiu li akuzis, ke Afanti kalumnias lin, kaj postulis severan punon al Afanti.

La reĝo indigne demandis al Afanti: "Ĉi tio estas grava afero. Se vi ne povos pruvi vian aŭdacan aserton, mi senkapigos vin."

"Kompreneble!" konsentis Afanti. "Foje mi, rajdante sur mia azeno, transpasis lignan ponteton. Unu kruro de la azeno hazarde enfalis en trueton sur la ponto, tiel ke la besto stumblis. Sed ĝi fine, kvankam pene, eltiris la kruron. Baldaŭ mi revenvoje rajdis sur mia azeno trans la saman ponton. Kion vi supozas? Ĉi-foje mia azeno ĉirkaŭpaŝis la trueton, tiel ke ĝia transiro okazis sen akcidento. Sed koncerne vian ĉefministron, li multfoje ŝtelis monon el la ŝtata trezorejo, kaj civitanoj ja multfoje denuncis lin pro lia ŝtelado. Li tamen ankoraŭ etendas sian grasan manon en la regnan kason. Via

Reĝa Moŝto, ĉu mia azeno ne estas pli saĝa ol via ĉefministro?"

La imperiestro ridegis. "Ĝi estas pli saĝa," li diris kaj poste admonis sian ĉefministron, "Afanti pravas. Vi prenu la azenon de Afanti kiel vian modelon."

당나귀를 모델로 삼다

수도에서 아판티는 마을 사람들에게 자신의 당나귀가 총리보다 더 똑똑하다고 말했습니다.

이 말이 총리에게 전해지자, 총리는 즉시 군인을 보내 아판티를 붙잡아 왕 앞으로 끌고 갔습니다.

총리는 아판티가 왕을 모함했다며 왕에게 고발하고, 그에게 엄중한 처벌을 요구했습니다.

왕은 분노하며 아판티에게 물었습니다.

"이것은 심각한 문제이다. 네가 네 대담한 주장을 증명하지 못하면, 네 목을 베어버리겠다."

그러자 아판티가 침착하게 대답했습니다.

"물론입니다!"

"어느 날, 당나귀를 타고 나무 다리를 건넜습니다. 그런데 당나귀의 한쪽 다리가 우연히 다리의 구멍에 빠져 넘어지고 말았습니다. 하지만 결국 애를 써서 다리를 빼냈습니다.

그 후, 다시 당나귀를 타고 같은 다리를 건너 돌아왔습니다. 이번에는 어떻게 되었을까요? 당나귀가 구멍을 피해 지나갔기 때문에 아무런 사고 없이 다리를 건널 수 있었습니다.

하지만 총리는 국가 금고에서 돈을 여러 번 훔쳤고, 시민들은 그의 절도를 수차례 비난했습니다. 그런데도 그는 여전히 왕의 금고에 탐욕스러운 손을 뻗고 있습니다.

전하, 이제 제 당나귀가 총리보다 더 똑똑하다는 것이 증명

되지 않았습니까?"

그러자 왕은 크게 웃으며 말했습니다.

"정말 더 현명한 일이다."

그리고 총리를 바라보며 덧붙였습니다.

"아판티의 말이 옳다. 그의 당나귀를 본보기로 삼도록 하라."

Ĝi Diris, ke...

Afanti fanfaronis, ke li bone komprenas la birdan lingvon. Lia aserto atingis la orelojn de la reĝo, kiu iun tagon invitis Afanti ĉasi kune kun li. Survoje ili subite aŭdis kelkan ululadon de strigo, kiu staris ĉe preskaŭ defalonta kaverno. La reĝo demandis al Afanti, kion ĝi diris.

Afanti respondis: "Ĝi diris, ke se la reĝo daŭre subpremados senkompate la popolon, lia regno baldaŭ disfalos same kiel ĝia nestaĉo."

그건 이렇게 말하고 있습니다

아판티는 자신이 새들의 말을 잘 이해한다고 자랑했습니다.

그의 주장은 결국 왕의 귀에까지 전해졌고, 어느 날 왕은 아판티를 사냥에 초대했습니다.

함께 길을 가던 중, 그들은 무너지기 직전인 동굴 근처에서 올빼미 한 마리가 울부짖는 소리를 들었습니다.

그러자 왕은 아판티에게 물었습니다.

"저 올빼미가 무슨 말을 하는지 아는가?"

아판티는 차분하게 대답했습니다.

"올빼미는 이렇게 말하고 있습니다. '왕이 계속해서 국민을 무자비하게 억압한다면, 그의 왕국도 내 둥지처럼 곧 무너질 것입니다.'"

Ne Aŭskultu la Edzinon

En la ĉefurbo la reĝo publikigis dekreton, sur kiu legiĝis, ke en la limo de tri tagoj ĉiu familio en la tuta urbo devas senkompense donaci al la kortego unu grasan ŝafon. Krome, pro kverelo kun sia edzino, la reĝo proklamis, ke la edzoj devas ne aŭskulti sian edzinon. Ĉiu malobeo alportos severan punon.

En la tri tagoj ĉiu familio en la tuta urbo sendis al la kortego unu grasan ŝafon. Nur Afanti nenion sendis.

La kvaran tagon la reĝo venigis Afanti kaj kun murdema minaco demandis lin: "Afanti, damninda! Kie estas via ŝafo?"

"Via Reĝa Moŝto," trankvile diris Afanti kun rideto, "post kiam mi legis la dekreton, mi reiris hejmen kaj konsiliĝis kun mia edzino. Ŝi insistis, ke ni donu. Sed Via Moŝto ankaŭ ordonis, ke edzo devas ne aŭskulti sian edzinon, tial mi ne alsendis ŝafon."

아내의 말을 듣지 마세요

수도에서 왕은 3일 안에 도시 전체의 모든 가족이 살찐 양한 마리를 무료로 궁정에 바쳐야 한다는 법령을 발표했습니다.

뿐만 아니라, 아내와의 다툼 끝에 남편들이 아내의 말을 들어서는 안 된다고 선포하였으며, 이를 어기는 자는 엄중한 처벌을 받게 된다고 경고했습니다.

3일 동안 도시의 모든 가족이 살찐 양 한 마리씩을 궁정에 보냈습니다.

그러나 오직 아판티만 아무것도 보내지 않았습니다.

넷째 날, 왕은 아판티를 불러 죽이겠다고 위협하며 소리쳤습니다.

"아판티, 이 빌어먹을 놈! 네 양은 어디에 있느냐?"

그러자 아판티는 미소를 지으며 차분하게 대답했습니다.

"전하, 저는 포고령을 읽고 집으로 돌아가 아내와 의논하였습니다.

아내는 우리가 양을 바쳐야 한다고 주장했습니다.

그러나 폐하께서 남편이 아내의 말을 들어서는 안 된다고 명령하셨기에, 저는 양을 보내지 않았습니다."

Kulpo de la Hundo

Iun vesperon Afanti, surdorse portante brullignon, piediris hejmen. Kiam li preterpasis la pordon de iu bienulo, subite elkuris feroca hundo, kiu ĵetis sin al lia kapo. Afanti devis tuj eltiri sian hakilon kaj per ĝi celis la kapon de la hundaĉo. Tiel la hundo estis mortigita per la unua hako. Aŭdinte la bruon, ankaŭ la bienulo mem elkuris kaj, kaptinte Afanti, kolere demandis: "Kiam la hundo sin ĵetis al vi, ĉu vi ne povis bati ĝin per la tenilo de via hakilo anstataŭ la klingo?"

"Via Bienula Moŝto, kiel maljusta vi estas!" respondis Afanti. "Se via hundaĉo sin ĵetus al mi kun la postaĵo antataŭen, mi kompreneble batus ĝin per la tenilo. Sed ĝi alkuris kun la dentaro antaŭen, tial mi povis nur trakti ĝin per la klingo de mia hakilo. Tio estis la kulpo nur de via hundo." Tion dirinte, Afanti foriris surdorse portante sian brullignon.

개의 잘못

어느 날 저녁, 아판티는 등에 장작을 지고 집으로 가고 있었습니다.

그가 어느 지주의 집 앞을 지나갈 때, 갑자기 사나운 개 한 마리가 달려나와 그의 머리를 향해 덤벼들었습니다.

아판티는 재빨리 도끼를 꺼내 개의 머리를 겨냥했습니다.

개는 첫 번째 공격에 맞아 그 자리에서 죽고 말았습니다.

소란을 듣고 지주는 황급히 달려나와 아판티를 붙잡고 화를 내며 물었습니다.

"개가 당신에게 달려들었을 때, 칼날 대신 도끼 자루로 때릴 수도 있었던 것 아닙니까?"

그러자 아판티는 태연하게 대답했습니다.

"어르신, 참으로 부당한 말씀을 하십니다.

만약 그 개가 저를 공격할 때 엉덩이를 제 쪽으로 내밀었다면, 저도 당연히 도끼 자루로 때렸을 것입니다.

그러나 놈은 날카로운 이빨을 드러내고 달려들었기에, 저는 도끼의 칼날로 상대할 수밖에 없었습니다.

이 모든 것은 그 개의 잘못입니다."

그렇게 말한 아판티는 다시 등에 장작을 지고 유유히 떠났습니다.

Morti Du Tagojn Pli Frue ol Vi

Afanti akiris reputacion pro sia aŭgurado kaj iun tagon ŝerce diris al la ĉefministro, ke li mortos morgaŭ. La sekvan tagon la ĉefministro falis de sur ĉevalo kaj efektive mortis. Kiam la reĝo tion eksciis, li eksplodis de kolero kaj tuj sendis soldatojn kapti Afanti. Li kolere demandis: "Afanti, mia ĉefministro mortis pro via malbeno, do se vi ne povos antaŭdiri al mi, en kiu tago vi mem mortos, vi ricevos severan punon."

"Mi bedaŭrinde ne scias precize," respondis Afanti. "Mi nur scias, ke mi mortos du tagojn pli frue ol vi."

Aŭdinte tion, la reĝo pensis, ke plej sekure estus lasi Afanti vivi kiel eble plej longe. Tial li liberigis Afanti.

폐하보다 이틀 먼저 죽기

아판티는 점을 치는 능력으로 명성을 얻었습니다.

어느 날, 그는 농담 삼아 총리에게 "내일 죽을 것이다." 라고 말했습니다.

그런데 다음 날, 총리는 말에서 떨어져 실제로 목숨을 잃고 말았습니다.

이 소식을 들은 왕은 크게 분노하여 즉시 군인을 보내 아판티를 붙잡아 오게 했습니다.

왕은 그를 노려보며 말했습니다.

"아판티, 내 총리는 네 저주로 인해 죽었다! 만약 네가 자신의 죽을 날을 정확히 예측하지 못하면, 엄중한 처벌을 받게 될 것이다!"

그러자 아판티는 태연하게 대답했습니다.

"안타깝게도 정확한 날짜는 모르겠습니다.

하지만 한 가지 확실한 것은, 제가 폐하보다 이틀 먼저 죽는다는 사실입니다."

이 말을 들은 왕은 아판티를 가능한 한 오래 살리는 것이 가장 안전하다고 생각했습니다.

결국 그는 아판티를 풀어주었습니다.